Diogenes T

Hugo Loetscher

Der Buckel

Geschichten

Diogenes

Die Erstausgabe
erschien 2002 im Diogenes Verlag
Bibliographischer Nachweis am Ende des Bandes
Umschlagillustration: Max Pechstein,
›Die gelbe Maske‹, 1910

Veröffentlicht als Diogenes Taschenbuch, 2004

www.diogenes.ch
70/04/8/1
ISBN 3 257 23449 x

Inhalt

Allerweltsgeschichten

Ein Mini-Krimi

Ein Sommer mit Figuren

Der Zwerg

Madame Juliette schimpft. Sie sagt, man dürfe einen nicht dreißig Jahre leben lassen und dann in eine Klinik schicken. Da hätten sie ihn besser gleich abgetrieben. Aber was will man, sie kennt die Familie, der Vater des Zwerges trinkt und ist gewalttätig, er hat es von seinem Vater, der auch gewalttätig war, und weiter zurück erinnert man sich nicht, aber man kann es sich ausrechnen: Man springt mit der Natur nicht um, wie man will; eines Tages kommt der Zwerg, und eines Tages lassen sie ihn holen.

Und Madame Giraud fragt sich auch, sie hätte es nie gedacht. Noch gestern sei der Zwerg bei ihr gewesen, gottlob sei keine Kundschaft in den Laden gekommen. Der Zwerg habe sich in einen Empire-Sessel gesetzt. Das erlaube sie nur den besten Käufern. Und der Zwerg habe ihr seine Hand hingehalten. Sie liebe es nicht, wenn sich herumspreche, daß sie aus der Hand liest. Aber wie hätte sie dem Zwerg das übelnehmen wollen, jetzt, da sie ihn sogar geholt haben, ihm seien die Finger zu einer Faust zusammengewachsen, wie hätte sie aus solchen Linien Schicksal ablesen sollen.

Doch Madame Juliette meint, es sei alles vorauszusehen gewesen. Sie besorgte damals den Abwasch beim Vater des Zwerges, und der habe gleich, nachdem seine Frau im Kindbett starb, eine andere ins Haus genommen und gleich danach geheiratet, nicht einmal Allerseelen gingen sie ans Grab. Im Krieg sei er auch nicht eingezogen worden und habe sogar die Tabaklizenz erhalten. Hätten die kein schlechtes Gewissen gehabt, sie hätten das Kind anfänglich nicht auf diese Weise verwöhnt: Sie erinnert sich genau, wie sie das Kind unter einer Spitzendecke verbargen und sagten, es sei zurückgeblieben, aber eines Tages habe das Kind die Decke zu Boden gestrampelt, habe sich aufgesetzt und den Buckel gezeigt. Das sei eben mit Zwergen so, wohin die auch gingen, sie blieben immer Zwerge.

Madame Giraud sieht noch genau, wie er die Straße hinunterrannte. Immer diese blauen Hemden, die er trug. Aber nicht in Richtung Meer sei er verschwunden, sondern in den Hügeln habe er sich versteckt. Nach drei Tagen war er wieder da, er habe ihr zwar nicht gesagt, wo er gewesen sei, er habe erklärt, er sei aus Hunger zurückgekommen, einzig aus Hunger.

Madame Juliette kannte den Zwerg gut. Sie hat zwei Söhne, die kommen über Weihnachten und im Sommer hierher, und der aus Marseille bringt seine Familie mit. Die Söhne sind mit dem Zwerg aufgewachsen, aber der Zwerg sei nicht mitgewachsen. Sie werde ihrem Sohn aus Marseille schreiben, daß sie den Zwerg geholt haben, sonst bringe er ein Geschenk mit. Jeden Tag habe sie der Zwerg aufgesucht, immer am Nachmittag in der Zimmerstunde, sie wasche seit Jahren im Nachtklub ab und bringe nach Hause, was auf dem Teller liegenzulassen eine Sünde wäre, und der Zwerg habe ihr immer aus der Zeitung vorgelesen, weil sie ihn einmal darum bat; der Zwerg wollte sich erkenntlich zeigen. So habe er immer am Nachmittag vorgetragen, was sie am Morgen schon längst selber im *Nice Matin* gelesen habe, so viel zu tun gebe es am Vormittag nicht, daß sie nicht zwischendurch an eine Zeitung käme.

Dumm sei er nicht gewesen, lobt Madame Giraud. Er hätte das Zeug dazu gehabt, Schulen zu durchlaufen, und arm sei der Vater weiß Gott nicht. Aber man wisse, wie Kinder sind. Im Grunde sei es grausam, einen Zwerg in eine Schule zu stecken. Mit dem Bäcker sei es auch nicht gegangen. Sie habe verstanden, daß die Leute erschraken, als ihnen ein Zwerg das Brot brachte, obwohl es noch viele Orte mit einem Zwerg gebe, mit richtig schrecklichen Zwergen, und die hole auch niemand ab. Ein Glück, daß er am Abend die Backstube aufräumen durfte; nie habe es der Zwerg abgeschlagen, für sie einen Botengang zu tun. Im Grunde hätte er nur darauf gewartet. Was hätte er sonst schon getan, an irgendeiner Mauer gesessen und eine Eidechse gejagt.

Niemanden habe er gestört, ereiferte sich Madame Juliette. Nie habe man von einem Fremden eine Klage gehört, daß er sich auf der Terrasse aufhielt oder auf der Mauer saß und den Männern zuschaute, wie sie Boules spielten. Im Gegenteil, die Männer hätten sich über die Zwischenrufe gefreut, und sie luden ihn auch einmal ein mitzuspielen. Aber man spiele Boules nicht nur mit den Armen, sondern mit dem ganzen Körper, denn die Arme, die seien nicht kurz gewesen am Zwerg, einzig die Beine, die, ja die seien kurz gewesen, aber schließlich sei er ein Zwerg gewesen. Niemanden habe er gestört, und nun hätten sie ihn doch geholt. Er habe schon weite Hemden getragen, als sie noch nicht Mode waren, und nie sei er vor dem Restaurant seines Vaters gesessen, nicht einmal außerhalb der Saison.

Madame Giraud lacht. Was ihr der Zwerg nicht alles erzählt hatte, als er im Zirkus gewesen sei. Jeden Abend wollte er nach Nizza gehen. Nur weil es dort Zwerge gebe, die auf Kugeln tanzten, ganz wild sei er gewesen und habe behauptet, im Zirkus gebe es Gleichberechtigung – oh, wenn der Zwerg einmal anfing, seine Gedanken auszubreiten. Sie habe sich manchmal überlegt, ob es vielleicht doch nicht richtig gewesen war, ihn in den Zirkus zu lassen, selbst wenn er kein Künstler war. Programme hätte er verkaufen können. Aber sie verstehe den Vater, er sei nun einmal der beste Rôtisseur am Ort.

Nie, protestierte Madame Juliette, nie hätte sie sich ihr Kind wegnehmen lassen. Man wisse doch, was sie in der Klinik mit einem anstellen. Ganz ruhig werde der Zwerg sein, weil sie ihm Spritzen geben. Madame Bruy kam auch nicht mehr zurück. Und nur, weil sie sich ein wenig unwohl fühlte? Den ganzen Bauch hätten sie ihr geöffnet, vom Nabel bis zur linken Brust, gut, das mag vorkommen bei einer Frau von fünfundfünfzig Jahren, aber trotzdem.

Sie werden am Zwerg lernen, beschwichtigte Madame Giraud, und es wird andern zugute kommen. In solchen Fällen sei es viel besser, dumpf zu sein. Sie wolle nicht sagen, daß es ein Idiot besser habe als ein Zwerg. Nun sei es beim Zwerg ja auch nicht so eindeutig gewesen. Sicherlich, sie hätte ihn nicht abholen lassen, aber wenn sie ihn abholen, dann muß schon etwas sein, denn einfach abholen könnten sie einen ja nicht, auch wenn man nur ein Zwerg sei. Als er gestern bei ihr saß, da habe er mit ängstlichen Augen gefragt, ob es stimme, daß er nervös sei. Und ob. Aber sie habe ihn beruhigt: Alles, was er brauche, sei eine Schlafkur, eine kleine Schlafkur, in einem weichen weißen Bett.

Es ist möglich, fährt Madame Juliette fort, daß es vom Trinken kommt. Überall rote kleine Autos zu sehen ist sicher nicht normal. Aber das komme nur vom Trinken. Und wenn die anfangen wollen, alle die einzusperren, die trinken, dann wäre es vernünftiger, Kliniken für Abstinenten zu bauen, das käme billiger. Sie habe sich auch gewundert, daß der Zwerg zu trinken begann. Vor einem Jahr schon, aber sicher seit Frühjahr. Er, der sonst immer vor den Bistros saß, begleitete plötzlich die Männer in die Bars, und die Männer stellten ihn auf einen Barstuhl, und er habe auf die Theke geklopft mit seiner Faust, sie sei einmal zusammengefahren, so habe es gedröhnt.

Sie sei erst dazugekommen, wie der Zwerg am Boden lag, stellt Madame Giraud fest. Jedenfalls wisse man jetzt, woher das Geld gekommen sei. Sie habe trotzdem Mitleid gehabt, wie der Zwerg mitten in den Scherben lag. Wer hätte gedacht, daß er Milchflaschen stahl und mit dem Pfandgeld die andern einlud. Aber so was komme immer raus. Die Kinder hätten den Zwerg nur zum Spaß gejagt, und schon sei er gestolpert, und die Flaschen, die er unter dem Hemd trug, hätten einen Scherbenregen ergeben, nicht nur an den Händen habe der Zwerg geblutet, das seien mindestens vier Flaschen gewesen. Sie habe gleich gedacht, daß etwas geschehe, als der Vater dazukam und zuschaute, wie der Zwerg die Scherben sammelte und sie in der Hosentasche versteckte, obwohl so viele um ihn standen. Sie verstehe, daß man einen Sohn strafe, aber der Vater hätte es bei einer Ohrfeige lassen können und nicht noch mit dem Fuß treten müssen, mitten ins Gesicht. Sie sei überzeugt gewesen, der Zwerg schlage zurück, und sie habe sich gewundert, wie der

Zwerg sich auf die Zehenspitzen stellte und dem Vater seine Faust entgegenhielt und »Krüppel« schrie.

Nachdem der Zwerg sich unter der Treppe verkrochen hatte, habe sie ihn nicht mehr gesehen. Von dort hätten sie ihn heute früh geholt.

Madame Juliette fügt bei, sie sei am Fenster gestanden. Sie sei wachgeworden, weil sie ein Auto hörte, und habe bereits eine Schüssel mit Wasser bereitgehalten, um die Ruhestörer zu vertreiben. Aber dann habe sie alles beobachtet. Zu dritt seien sie gekommen, und sie hätten den Zwerg aus dem Verschlag herausgezerrt. Die Nacht sei voll Leuchtwürmer gewesen und laut vom Gequake der Frösche, dann aber habe der Zwerg geschrien: Sie hatten ihm den Mund zu spät gestopft.

Der Oberst

Der englische Oberst hatte sich nach dem Zweiten Weltkrieg hierher zurückgezogen. Er liebte Frankreich, einmal, weil Frankreich seit dem Zweiten Weltkrieg in irgendeinem Teil seiner Besitzungen noch Krieg führte. In einem solchen Land wollte er sich nach einer militärischen Karriere zur Ruhe setzen.

Er gründete einen Klub und nannte ihn »subitisme«. Die Mitglieder verband die beschworene Bereitschaft, auf jede Frage sofort – »subitement« – eine Antwort zu finden, gleichgültig welche, nur rasch, deutlich und ungehemmt. Die Statuten wurden im Eisschrank des ›Manoir‹ aufbewahrt, um dem Klub die Frische zu erhalten.

Von Zeit zu Zeit ließ der Oberst sich nach Nizza chauffieren. Mit dem Stock in der Hand kommandierte er den Weg. Weswegen er alle kleineren Zufahrtsstraßen nach Nizza kannte. Dort löste er eine Karte für den Schlafwagen nach Paris. Nicht, daß er beabsichtigte, nach Paris zu reisen. Sobald sich die Fahrgäste im Schlafwagen daran machten, in ihre hergerichteten Couchettes zu schlüpfen, klopfte er an die Türen der einzelnen Abteile und erkundigte sich in englisch akzentuiertem Französisch: »Haben Sie nicht zufällig ein kleines Krokodil gesehen? Ich habe mein kleines Krokodil verloren.«

Ihn beschäftigte das Problem: Wie stiftet man mit einem

Minimum an Worten ein Maximum an Unordnung? Seine Mutter war Schauspielerin gewesen; er selber hatte bei der Artillerie gedient, wo ihn hauptsächlich mathematische Fragen gefangennahmen. Hätte er zum Beispiel auf einem belebten Platz die Frage nach dem verlorenen Krokodil gestellt, wären die Leute sicherlich überrascht gewesen, aber die Hauseingänge, die Nebenstraßen, die Straßenbahnen und Autos hätten als Fluchtwege seinem Satz die größtmögliche Wirkung genommen. Daher entschied er sich für einen geschlossenen Raum, und zwar zunächst für ein Restaurant. Dort verstand man seine Frage falsch und empfahl ihm Schildkröte; wie er aber auf einem kleinen Krokodil beharrte, stürzten einige Gäste aus dem Lokal, der Besitzer und der Oberkellner setzten den Obersten vor die Tür. Dieser suchte in der Folge nach einem geschlossenen Raum, aus dem es unmöglich war, ihn hinauszuwerfen. Er dachte eine Zeitlang an einen Lift; aber dort hätte man seine Frage nicht geglaubt, obwohl er auf den ersten Blick so aussah, als ob er ohne weiteres ein Krokodil spazierenführen könnte. Er verfiel endlich auf einen Schlafwagen; hier waren die Bedingungen für seinen Satz die denkbar besten. Die beschränkte Zahl der Beteiligten wurde durch ihre Anteilnahme wettgemacht.

Natürlich hätten sich die Gefragten in den Nachbarwagen retten können; doch wußten sie nicht, ob nicht plötzlich das Krokodil im Gang erscheinen würde. Der Schlafwagenbetreuer protestierte: Auch kleine Krokodile dürften nicht in den Schlafwagen mitgenommen werden; aber er stand hilflos neben der Notbremse. Denn der Oberst bedeutete ihm, ein unerwarteter Ruck mache sein kleines Krokodil wild, es sei besser, die Ruhe zu bewahren, er wolle nur sein kleines Krokodil wieder haben, ob es nicht zufällig hinter dem Gepäck sei, und seine Augen suchten das Netz entlang. Jedermann tastete über sein Leintuch und prüfte das Kissen; Männer stellten sich vor Frauen und Kinder; wer schlief, wurde geweckt, Koffer wurden geschoben und Schoßhündchen unter den Arm genommen. Damen suchten in Handtaschen nach Tabletten. Indessen wimmerte der Oberst im Gang am Fenster. In Toulon stieg er aus: Vielleicht sei das kleine Krokodil in Nizza auf dem Bahnsteig geblieben; doch sei er nicht sicher, er entschuldige sich für die Nachfrage, er gehe nicht ohne Krokodil nach Paris, er wünsche schöne Reise und eine gute Nacht.

Am andern Tag fuhr er mit dem Autobus nach Lagues zurück und führte bis zur nächsten Suche nach seinem verlorenen Krokodil sein eingeteiltes Leben: Um halb neun ließ er sich mit einer Tasse Tee und einer Zeitung wecken. Als man ihn einmal vergaß und ihn das Zimmermädchen am Nachmittag im Bett fand, verlangte er seinen Frühstückstee und die Morgenzeitung. Denn die Zeitung bestätige ihm jeden Morgen von neuem, daß es mit der Ordnung der Welt nicht weit her sei und daß sich nichts geändert habe. Die Tatsache aber, daß man ihm eine Tasse Tee bringe, beweise hingegen, daß die Welt mindestens in einem Punkt noch in Ordnung sei – ohne diese Bestätigung weigere er sich aufzustehen.

Nach dem von ihm für sich aufgestellten Tagesbefehl, der an der Zimmertür hing und an dem sich lediglich das Datum änderte, begann er um neun Uhr fünfunddreißig seine Lektüre. Seine einzige Verbindung zu England waren Leserbriefe an die *Times*. Er behandelte darin Einzelheiten, welche die Länder betrafen, in denen er gedient hatte. Und um in seinen Briefen keine Fehler zu machen, las er entsprechende Bücher. Er war in diesen Ländern nie über die Garnisonsstadt hinausgekommen und hatte sich nur so weit bewegt, als es die Befehle erforderten. Daher packte ihn nach seiner Pensionierung eine leidenschaftliche Neugierde nach den Ländern, in denen er nahezu vierzig Jahre gelebt hatte. Er verschaffte sich Reiseführer, Landschaftsschilderungen und volkskundliche Literatur und wurde auf die pensionierten Tage hin ein vorzüglicher Kenner Indiens, Ägyptens und Somalias. Und wenn in der *Times* ein Artikel erschien, der eines der Länder betraf, las er ihn auf Nachlässigkeiten und Irrtümer durch, und fand er solche, schrieb er einen Leserbrief, der immer mit den Worten begann: »Ich, der ich das Klima dieses Landes kenne.« Er hatte der englischen Majestät ewige Treue geschworen; seine Majestät hatte ihn pensionieren lassen. Er stand nur noch im Dienste des französischen Weines. Um Viertel nach fünf begann seine tägliche Trinktour, sie war ebenso zeitlich wie räumlich festgelegt. Der Oberst hatte in seinem Hotelzimmer einen Plan von Lagues aufgehängt; darauf war jedes Bistro eingetragen und mit einer farbigen Stecknadel gekennzeichnet: seine Bereitschaftsstellungen; die Trinktour selber nannte er Inspektion. Und diese Inspektion führte ihn von seinem Hotel zum ›Manoir‹, vom ›Manoir‹ zu ›Chez Théo‹, von ›Chez Théo‹ in das ›Tabac‹, vom ›Tabac‹ zu ›Chez Eliane‹ und von ›Chez Eliane‹ zu ›Chez Jimmy‹ und von ›Chez Jimmy‹ zu ›Chez Suzy‹ und von ›Chez Suzy‹ zu ›Chez Peluche‹ und von ›Chez Peluche‹ nach Hause.

Er hatte diesen Weg festgelegt, indem er seiner Trunkenheit, die sich im Laufe des Abends steigerte, Rechnung trug. Es begann mit den Bistros, die tiefer als sein Hotel lagen, weil es nachher noch zu steigen galt, und es endete mit den Restaurants und Bars, die höher als sein Hotel lagen, so daß er in seinem Rausch nur noch bergab zu gehen hatte. Er hatte sich ausgerechnet, wie viele Gläser er sich auf seiner Inspektion bei jeder Stellung erlauben durfte, um am Ende wohl betrunken, aber nicht so schwer betrunken zu sein, daß er die Hoteltür nicht mehr gefunden hätte. Als er seine Selbstdisziplin einmal vergaß, setzte er sich zur Strafe für vier Tage auf Wasser; doch erließ er sich nach dem ersten Tag die Hälfte der Strafe wegen guter Führung.

Kam es trotzdem wieder vor, daß er vor dem Hoteleingang auf den Knien lag, und traf ihn jemand, dann tastete er den Boden ab und flüsterte, er suche sein verlorenes Krokodil.

Als er starb, da warteten seine Freunde einen Tag über das für das Begräbnis angesetzte Datum hinaus, doch es kamen keine Verwandten. Da holten sie den Sarg ab. Als letzten Wunsch hatte der Oberst geäußert, man möge ihn noch einmal in alle seine Stellungen tragen. So schulterten die Freunde den Sarg und gingen mit ihm vom Hotel zum ›Manoir‹, vom ›Manoir‹ zu ›Chez Théo‹ und von ›Chez Théo‹ ins ›Tabac‹ und vom ›Tabac‹ zu ›Chez Eliane‹ und von ›Chez Eliane‹ zu ›Chez Jimmy‹ und von ›Chez Jimmy‹ zu ›Chez Suzy‹ und von ›Chez Suzy‹ zu ›Chez Peluche‹ und von ›Chez Peluche‹ auf den Friedhof.

Nur inspizierte diesmal nicht der Oberst, sondern er lag steif draußen in seinem Sarg. Bei ›Chez Théo‹ und ›Chez

Peluche‹ mußten sie den Sarg zur Hälfte über die Schwelle schieben, um den Verkehr nicht zu behindern, und der Sarg, der auf der Schwelle einen Augenblick zwischen Straße und Lokal zögerte, neigte sich zum Lokal. Die Trauernden tranken in ihren Schmerz hinein, und ihr Schmerz wuchs, je mehr sie den Toten hochleben ließen, und je mehr sie auf den Toten anstießen, um so fröhlicher wurden die Trauernden. Sie tranken auf Einladung des Obersten. Er hatte in seiner letzten Verfügung die Zahl der Gläser angegeben, welche jeder in einer der Stellungen zu sich nehmen sollte, genau ausgerechnet für den ganzen Weg bis zum Friedhof. Doch hatte der Oberst als Maßstab die eigene Trinkfestigkeit gewählt. So hätte er sich beinahe bei seiner letzten Inspektion verrechnet, weil er in jeder Stellung Trauernde verlor. Einige hielten durch, jene, die sich mit weniger als den vorgerechneten, befohlenen und testamentarisch zugesicherten Gläsern zufriedengaben. Dank der Ungehorsamen behielt der Oberst doch recht mit seiner letzten Berechnung: Er kam schwankend auf den Friedhof, wie er immer schwankend nach Hause gekommen war.

Das Saison-Paar

Anne-Marie kam diesen Sommer wie immer nach Saint-Milaire, diesmal in Begleitung eines jungen Deutschen; er verbrachte mit ihr die Ferien und fuhr dennoch mit ihr wieder nach Paris zurück.

Er war abends spät in einem Pariser Bistro auf sie zugetorkelt und hatte sie zu einem Glas eingeladen. Anne-Marie bedeutete ihm, man fordere eine Dame nicht schlankweg zu einem Glas auf. Hingegen schlug sie ihm vor, er solle sie nach Hause begleiten und bei ihr frühstücken. Seither.

Er trug am linken Handgelenk ein silbernes Kettchen, auf dem »Gert« eingraviert war, weswegen er in Saint-Milaire »Gérard« hieß. Er gab über sich selbst die Auskunft, er sei Student. Anne-Marie verbesserte nie, er sei Kellner und besuche zweimal wöchentlich Sprachkurse bei der Alliance Française. Sie schwieg nicht aus Schonung, sondern sie wartete, bis er sich verhaspelte.

Nach einigen Tagen schon war Gérard zu Geständnissen gezwungen, die sich wiederholten, da er fortfuhr zu schwindeln. Anne-Marie ermunterte ihn zu Geständnissen, aus denen er nicht mehr herausfand, obgleich es immer weniger wurden, da der Kreis der Unbekannten kleiner wurde.

Die Geständnisse begannen gewöhnlich mit der Frage, wann der nächste Zug nach Paris fahre; dies an einem Ort, der dreißig Kilometer von der Bahnstation entfernt war.

Und die Geständnisse endeten gewöhnlich mit dem halblauten Zusatz, daß er unglücklich sei.

Nie unterbrach sie ihn, wenn er von sich erzählte, obwohl sie überzeugt war, daß er mit Zwanzig kaum Wesentliches zu gestehen habe. Sie ließ ihn von seiner Flucht aus Mitteldeutschland berichten, forderte ihn auf, den Plan des Auffanglagers auf die Theke zu zeichnen, nickte, wenn er ins Glas hinein verkündete, er sei zum Architekten geboren, war aber empört, wenn Gérard seinen Konfessionsmonolog damit schloß, daß er unglücklich sei.

Sie drohte ihm, wenn er diesen Satz wiederhole, werde auch sie von ihrem Unglück erzählen. Sie strich ihm übers Haar und sagte, wer unglücklich sei, sei schlecht erzogen. Dabei lachte sie laut auf, hustete mit gestocktem Gekicher ins Lokal und rief: »Schau, wie bin ich schlecht erzogen« und prustete vor Lachen.

Auf die Frage alter Bekannter in Saint-Milaire, was sie denn so treibe, antwortete sie, sie werde an Weihnachten heiraten. Nicht Gérard, sondern einen Diplomaten, und sie fügte bei: keinen schwarzen. Nicht daß sie rassische Vorurteile gehabt hätte, aber sie wolle den Eindruck vermeiden, sie profitiere von der Konjunktur.

Sie vertrat die Ansicht, für eine Frau wie sie gebe es nur drei Möglichkeiten: reich, berühmt oder verheiratet zu sein. Da sie wie alle vermögenden Leute sich nicht reich vorkam und da sie noch nicht berühmt war, blieb ihr lediglich die Heirat. Da sie schon über dreißig Jahre alt sei, falle es allmählich auf, wenn sie sich nach Männern umsehe, als verheiratete Frau aber sei es ein leichtes, ohne Anstoß zu erregen in Gesellschaft Bekanntschaften zu eröffnen.

Gérard seinerseits pflegte zu sagen, er liebe Anne-Marie, jedoch nur »physiquement«. Sprach er das Wort »physisch« aus, spitzten sich seine Lippen, und das Wort kam wie ein Pfiff aus seinem Mund, und man konnte in der Aussprache den Ansatz zum deutschen Wörtchen »pfui« hören.

Anne-Marie war überzeugt, daß in jedem jungen Deutschen ein Siegfried stecke. Nicht daß sie ihn ausgeschickt hätte, einen Drachen zu töten, das konnte sie sich bei acht Wochen Ferien nicht erlauben. Doch verlangte sie von ihm, er solle eine glühende Zigarette auf dem Handrücken ausdrücken. Als er sich weigerte, warf sie ihm vor, er liebe sie nicht; als er es tat, lachte sie ihn aus. Grinsend zeigte Gérard seine Hand, wenn Anne-Marie seine Narbe vorführte. Biß er aus Langeweile am Schorf, legte sie ihm das als Untreue aus.

Ansonsten bräunten sie sich in der Sonne. Gérards Haut wurde rascher braun. Anne-Maries Haut verdunkelte sich fleckig und fetzig. Seitdem sie in der Schule das Wort »Mulattin« gehört hatte, hegte sie die Überzeugung, daß Mulattin für sie etwas Erstrebenswertes sei. Zu diesem inneren Wunsch kam ein äußerer Grund; eine dunkle Hautfarbe erlaubte ihr, ihre Lieblingsfarbe Violett zu tragen.

Der Alltag der Sommersaison wurde durch Robert gestört. Anne-Marie hatte von ihm noch vor kurzem eine Karte aus dem Militärdienst erhalten. Als er überraschend auftauchte, frohlockte sie; sie vermutete, er sei desertiert. Aber er war lediglich vorzeitig entlassen worden. Als ihn Gérard anstarrte, stellte sich Robert vor: »Ich bin der junge Mann vom letzten Sommer.«

Robert war entschlossen, Gérard umzubringen, doch

Gérard folgte dem Gespräch nicht, und auch Anne-Marie half nicht erklären. Sie stellte sich vor Gérard. Nicht um ihn zu schützen, sondern aus logischen Gründen: »Wenn einer von uns dreien umgebracht wird, bin ich es.« Sie fühlte sich übergangen.

Robert willigte ein. Gérard nickte, als ihm die Änderung mitgeteilt wurde. Sie ertrugen sich, so wurde beschlossen. Es gab lediglich einmal einen Disput, weil Gérard Roberts Rasierwasser benutzte. Anne-Marie drängte auf Unterschiede.

In allem Frieden zog Robert einige Tage später drei Ortschaften weiter westlich die Küste hinunter. Er hatte sich im Militärdienst auf eine Weise benommen, daß er vor eine ärztliche Kommission geschickt worden war. Die linksintellektuellen Zeitschriften, die er abonniert hatte, waren für seine vorzeitige Entlassung nicht einmal notwendig gewesen. Er mußte sich eingestehen, daß er als junger Mann vom letzten Sommer nicht über die Lage der jetzigen Saison erstaunt sein durfte. Gérard trug ihm die Koffer bis zur Busstation.

Das war zu jenem Zeitpunkt, als Gérard nicht mehr einen Daumen ausstreckte, wenn er ein Bier bestellte, und nicht mehr den Zeigefinger dazu benutzte, wenn er zwei Bier verlangte. Der tägliche Umgang mit Anne-Marie hatte ihm klargemacht, er werde später in anspruchsvolleren Lokalen arbeiten.

Die beiden pflegten sich mit dem Wörterbuch zu streiten. Keiner beherrschte die Sprache des anderen in einer Weise, die ausführliche Beschimpfungen, und minutiöse Vorwürfe möglich gemacht hätte. Beide hielten sich für diesen Zweck an das Wörterbuch. Anne-Marie hatte dafür eigens einen zweiten Dictionnaire gekauft. Solange sie beide nur mit einem einzigen Wörterbuch gestritten hatten, in dem das Vokabular zur Hälfte französisch-deutsch und zur andern deutsch-französisch aufgeführt war, rissen sie sich das Buch aus den Händen. Es entstand ein neuer Streit, zu dem wiederum die Wörter fehlten. Dank zweier Wörterbücher blätterte jeder für sich. Anne-Marie bewahrte dabei die Ruhe. Sie wartete nachsichtig, bis Gérard ein Wort gefunden hatte, schlug das Wort nach, erzürnte sich, schlug ihrerseits ein Wort nach, um Gérard zu erzürnen – nur daß Anne-Marie sich gelegentlich erkundigte, ob die Aussprache richtig sei.

Diese Art zu streiten hatte einen offensichtlichen Nachteil. Zorn und Ausdruck deckten sich nicht. Der Zorn war jeweils um einige Grad gesunken, bis das entsprechende Wort gefunden war. Zudem war wegen des Konversations-Dictionnaires ein Großteil der Beschimpfungen ungenau. Oft, wenn der eine verzweifelt blätterte, erfaßte den anderen Mitleid, und er half ihm suchen. Anne-Marie hoffte auf eine Lösung, Zorn und Ausdruck zu synchronisieren; sie dachte an die Bekanntschaft mit einem Schweizer, der beide Sprachen beherrschte.

Dieser vermittelte denn auch, indem er die gegenseitigen Beschimpfungen simultan übersetzte. Diesen Schweizer lud Anne-Marie zu ihrem Fest ein. Als Französin und getaufte Katholikin feierte sie ihren Namenstag. Eigentlich hatte sie eine größere Einladung geben wollen. Dagegen hatte sich Gérard gewehrt, er einigte sich mit ihr auf den Schweizer als einzigen Gast. Aber Anne-Marie und der Schweizer unterhielten sich in französischem Tempo. Lachten die beiden, war Gérard überzeugt, sie lachten über ihn. Er drohte bei der Suppe, den Tisch zu verlassen, was er nach dem Kaffee tat.

Anne-Marie, erstaunt über soviel Folgerichtigkeit, war entschlossen, Gérard zu bestrafen. Der Schweizer war gleicher Meinung, er fragte: »Wie?«, und Anne-Marie meinte: »Schwer.« Während sie noch über wirkungsvolle Strafen berieten, fühlte sich Anne-Marie überraschenderweise müde, und beide verabschiedeten sich nach dem ersten Marc. Doch war es an diesem Sommerabend an einem Saisonort noch zu früh, um ins Bett zu gehen. So kam es, daß Anne-Marie beinahe den Schweizer gesehen hätte, als dieser sie entdeckte, wie sie vor einem Restaurant nach Gérard fragte.

Sie packte zu Hause Gérards Koffer und stellte ihn vor die Haustür. Aber Gérard kam durch den Kücheneingang ins Haus, um nicht Lärm zu verursachen. Als er am andern Morgen ein Hemd suchte, teilte ihm Anne-Marie mit: »Deine Sachen sind dort, wo sie hingehören: in deinem Pappkoffer unten vor der Haustür.« Gérard stieg ungläubig die Treppe hinunter, sie hörte, wie sich die Tür öffnete und dann wieder ins Schloß fiel. Sie horchte; da vernahm sie Gérards Schritte in der Halle. Er kam nicht mehr ins Schlafzimmer herauf. Die Lage wurde ernst. Anne-Marie besaß zwei Morgenröcke: einen kürzeren, mehr Baby-doll, und einen langen. Sie dachte ans Théâtre du Châtelet und an einen Auftritt von Edwige Feuillère und entschied sich für den langen Morgenrock. Von ihrem Schlafzimmer führte eine Treppe in die Halle, und der Morgenrock zog auf der Treppe eine Schleppe.

»Wo ist der Kaffee?« fragte Anne-Marie. Gérard stapfte zum Fenster, und Anne-Marie bemerkte, wie das Gummiband an seinem Pyjama locker auf der Lende saß; beinahe wäre sie auf ihn zugegangen und hätte ihn geküßt, da wiederholte sie die Frage nach dem Frühstückskaffee. »Nie, nie«, schrie Gérard. Anne-Marie sah sich bereits für den Rest ihrer Ferien selbst den Kaffee im Bistro nebenan besorgen. Da entschloß sie sich zur großen Geste; sie ging in die Knie, indem sie den Morgenrock um sich drapierte. Sie hätte Stoff unter die Knie nehmen sollen, denn die Fliesen waren kühl. »Alle Leute haben meinen Koffer gesehen«, rief Gérard. Doch Anne-Marie beschwichtigte ihn, daß um diese Zeit kaum Leute unterwegs seien. »Nie«, sagte Gérard mit verbissenem Mund, »du hast mich erniedrigt.« Anne-Marie horchte auf; das Wort »erniedrigt« hatte sie noch nie von ihm gehört. Da sah sie auf dem Teewagen den aufgeschlagenen Dictionnaire. »Ich habe verloren... verloren...«, flüsterte Gerard. Anne-Marie überlegte, was er verloren und was ihm hätte gestohlen werden können. Er blätterte im Wörterbuch und hielt unvermittelt inne: Er zeigte mit dem Finger auf eine Stelle: »Prestige«.

So zog sich der Alltag einer Sommersaison hin. Zur ersten Aperitifstunde gingen sie baden; zur zweiten Aperitifstunde waren sie zurück. Kein Ereignis, wenn Anne-Marie nicht geschrieben hätte. Eines Tages erhielt sie von einem Pariser Verleger einen Brief, der mitteilte, daß ihr Manuskript in einer Zeitschrift erscheine. Sie hielt den Brief jubilierend vor Gérards Gesicht, so nahe, daß er, selbst wenn er die Absicht gehabt hätte, den Brief zu lesen, nicht hätte lesen können. Er fand es selbstverständlich, daß Manuskripte gedruckt werden. Da zwang Anne-Marie Gérard, den Brief auswendig zu lernen; er wehrte sich, er verstehe den Brief gar nicht, aber Anne-Marie sagte, er habe schon oft Dinge auswendig gelernt, die er nicht begriffen habe, schließlich sei er in die Schule gegangen. Und waren die beiden unterwegs, blieb Anne-Marie plötzlich stehen, schob die Brille auf die Nasenspitze und erhob den Zeigefinger: »Mein Brief«, und Gérard begann als Barde ihres jungen Ruhmes zu rezitieren: »Wir bestätigen den Empfang Ihres Manuskriptes...«

Zum erstenmal gönnte sich Anne-Marie auf diese Nachricht hin Ferien. Bisher hatte sie einfach Ferien verbracht, weil es im Kalender einen Monat Juli und August gab, und sie war an die Côte gefahren, da ihre Familie stets an den Atlantik gefahren war. Nun aber war ihr Manuskript angenommen worden. Sie dachte daran, ihre große Pariser Wohnung aufzugeben und in ein billiges Hotel zu ziehen, sie wollte standesgemäß leben. Sie erkundigte sich bei Gérard, ob er mit ihr ein billiges Hotelzimmer teilen würde. Sie schwärmte davon, daß ihre Rocksäume zerschlissen sein würden. Und dann fuhr sie in der Ausmalung der Zukunft weiter: »Wir werden von Pommes frites leben, und du, du arbeitest von morgens bis abends für mich. Ich werde dich dafür in meinen nächsten Roman einbauen. Ich habe Erfolg und keine Einnahmen, und du machst mich mit deinen Prozenten vom Service glücklich.«

Gérard aber hatte inzwischen einer andern Bekannten in Paris geschrieben. Anne-Maries Urlaub ging bald zu Ende, und diese Bekannte schrieb einen Brief. Er begann mit dem Vorwurf, er solle ihr nicht eine offene Karte schicken, und endete mit der Zärtlichkeit, ihm sei alles verziehen, und sie bedankte sich im Nachsatz für das Foto in der Badehose am Strand und spottete über den Fotografen, der Gérard nicht mitten ins Bild bekommen habe, sogar sein rechter Arm sei angeschnitten. Es war der Arm, den Gérard bei der Aufnahme um Anne-Maries Schulter gelegt hatte und dessen Ellbogen er wegschnitt, als er mit der Fingernagelschere Anne-Marie auf dem Foto von sich trennte.

Anne-Marie hatte bereits begonnen, die Tage zu zählen – noch neun Tage, noch acht, und es wurden immer weniger. Sie sagte selber, sie käme sich vor wie ein Kind vor Weihnachten, und nannte die Abfahrt auch die Bescherung. Die Bescherung wurde hinausgeschoben, um zwei Tage, da die Familie, die das Haus nach Anne-Marie mietete, noch nicht angekommen war. So schliefen die beiden auf leintuchlosen Betten, ihre Koffer reisefertig verpackt. Aber dann brachten Freunde die beiden im Wagen nach Nizza zum Bahnhof. Bevor die Freunde die Karten für den Bahnsteig gelöst hatten, brach der Streit aus. Anne-Marie hatte für sich eine Fahrkarte erster Klasse und für Gérard eine zweiter Klasse gekauft. Da erklärte Gérard, er bleibe in Saint-Milaire. Und als Anne-Marie lachte: »Wie denn?«, nahm er sein Gepäck und ging. »In Paris habe ich dich getroffen, dort stelle ich dich wieder ab.« Dann bat sie den Gepäckträger, ihre Koffer aus dem Abteil zu holen. Die Freunde brachten die beiden nach Saint-Milaire zurück.

Die beiden saßen auf der Terrasse, und mit allen, von denen sie sich verabschiedet hatten, scherzten sie, und die andern scherzten zurück: ob man »Auf Wiedersehen«, »Lebewohl« oder »Bis morgen« sagen müsse. Aber am Abend stellte sich die Frage der Unterkunft. Da hatten beide zu

›Chez Eliane‹ hinübergewechselt. Anne-Marie hatte einen Turm von Münzen vor sich für die Musikbox. Auf die Frage, wann sie verreisten, sagte sie: »Bald«, aber Gérard schwieg. Da legte Anne-Marie ihren Mund an Gérards rechtes Ohr: »Ich kann nicht. Nicht nur meinetwegen. Ich wollte nichts sagen. Aber jetzt, jetzt... hör, bleib bitte, ich brauche einen Arzt, ich bin schwanger.« Da schüttelte sich Gérard vor Lachen, drehte sich zu ihr. Anne-Marie wollte ihn umarmen, doch er drückte sie mit dem Rücken gegen die Theke und zeigte auf ihren Unterleib: Er riß sich die Zigarette aus dem Mund, es klebte ein Fetzen Zigarettenpapier an der Lippe: »Der faule Trick. Schwanger.« Und er schrie das Wort ins Lokal: »Jetzt, da du am Ende bist«, er schnappte ihr die Brille aus dem Gesicht, »glotz nur, jetzt fällt dir nur noch das ein«, und wiederum zeigte er auf ihren Leib: »Und selbst wenn einer da drin lebte, in deinem Bauch, einer von mir, der hielte es doch nicht aus, neun Monate, daß ich nicht lache. Den ekelt's früher. Der kriecht vorher raus, und wenn er verrecken muß. Und wenn der drin bleiben will, dann hole ich ihn heraus. Da, da.« Er schlug mit der Faust auf ihren Leib. Anne-Maries kurzsichtige Augen blinzelten stumpf.

»Gefällt es dir?« Und Gérard trommelte mit beiden Fäusten auf ihren Leib, und sein Kopf war nahe dem Schoß, in dem er geruht hatte, nur grinste sein Gesicht.

Als Gérard das Lokal verlassen hatte, schob Anne-Marie eine Münze über die Nickeltheke dem Patron zu und verlangte Musik. Aber ehe der Patron gefragt hatte, was sie sich für eine Platte wünsche, schlug hinter ihr die Tür zu. Erst später bemerkte der Besitzer die Brille am Boden. Als er am andern Morgen aus dem Oleanderbusch den *Nice Matin* nahm und hineinschaute, bevor er die Terrasse sprengte, las er auf dem Rand der Zeitung einige hingekritzelte Worte: »Wir sind gegangen. Grüße an alle. Anne-Marie. Bis zur nächsten Saison.«

Die Wahrheit im Kostüm

Der Comprachico

Comprachico, Kinderkäufer und Kleinwarenhändler, er war es aus Neigung wohl und auch aus Neugier, aus tätiger Unlust wie aus Gleichgültigkeit, auch der Überlieferung wegen, vielleicht. Sein Großvater schon, sein Vater, sie hatten darin manches erreicht, waren bekannt und sogar berühmt geworden; aber erst ihm gelang es, er kam in den Adelsstand, wenn auch den niedrigen, und er ließ den Spruch ins Wappen einlegen: »Maske wirst du sein, und immer wirst du lachen.« Das verriet Bildung, war übersetzt aus Vergil. Nun, sein Großvater, sein Vater, es waren Männer gewesen, die ihr Handwerk mit Verstand betrieben, ohne vom Unglück weitergehend gestört zu werden. Bildung – das stellte sich erst in der dritten Generation ein, wurde da um so großzügiger gewährt, an frequentierten Universitäten. Und doch, man war nicht überrascht: Auch er, wie seine Vorfahren, er wurde Comprachico; man sprach davon, es sei Bestimmung gewesen, weil man sein Leben geschlossen sehen wollte; erklärlich, denn die Beschäftigung als Comprachico brachte den Tod. Allerdings, es war ein Gutteil Laune dabei.

Er hatte ein Werk verfaßt, eine Art Kompendium für die Gilde der Comprachicos, ausholend, mit Zeichnungen, Stichen, mit Hinweisen und Fußnoten, manches unbequem zu lesen, ein Lexikon, in vielen Bänden zusammengefaßt, was jemals auf diesem Gebiet geleistet worden war: alle

Möglichkeiten, Kinder zu erwerben, Fallen des Vertragsabschlusses mit unehelichen Müttern, Findelhäusern, Stiefeltern, Großeltern; die Kombination der Gaukelspieler mit Bären und Affen und deren Pflege im Winter; Explikationen über die Störung der Drüsen – warum es Riesen gibt und weshalb Zwerge und welche Geschichten man sich darüber erzählt; berühmte Namen fahrender Leute und deren Glanznummern; wie man Beifall arrangieren kann, die Kniffe, mit der Brust Ketten zu sprengen, Angaben über das Feuerspeien und Schwerterschlucken. Das Werk wurde von den einen als Entlarvung gefeiert, von den andern als Handbuch begrüßt, als Kuriosum und Wichtigtuerei abgewertet, auch gelesen wie eine Verteidigungsschrift, bevor jemand, auch der Verfasser selber, ahnen konnte, daß er sich verteidigen müsse.

Was ihn am meisten gepackt hatte und was somit am vertracktesten geschrieben war, waren nicht diese Angaben, vielmehr eine Art Legitimierung der Comprachicos; daß man sich über seinen Beruf Klarheit verschaffe, das zähle; besser sei es, Comprachico mit Bewußtsein zu sein als Fürst aus Gnade, Blut oder sonst einem dunklen Grunde.

Eine Bemerkung in einem Nebensatz, von den fürstlichen Zensoren gelesen, erkannt, vorläufig als Schrulle manchmal zitiert in der Gaststube, im Salon, in der Bibliothek: Es sei Aufgabe des Comprachico, in einer Welt, die sich um das Vollkommene bemühe, an das Unvollkommene zu erinnern und das Häßliche zu legitimieren; das sei ein Zug der Gerechtigkeit, man verrate damit Sinn für das Ganze; ein Teil sei immer anders als die andern und füge sich nicht.

Die Produkte der Comprachicos: die Zwerge, die Spielleute, die Gaukler – erst nach den Soldaten und nach den Dienstboten kamen sie, aber sie waren immer und allerorten vertreten, wo es Reichtum ermöglichte. Fürstlichkeiten der Politik wie der Kunst und der Gesellschaft, sie erwarben diese Züchtungen; man leistete es sich. Ältere Damen, an Stöcken, auf Kissen, mit ihnen waren ganze Scharen, wie Hunde gepflegt, parfümiert, mit Bändern und Schellen; mit diesen Trabanten hielten sie Einzug bei sich selbst und bei Freundinnen, die Comprachico-Geschöpfe waren Lückenbüßer der Konversation und der Phantasie. Häßliche Frauen, sie fühlten bei der Häßlichkeit der spaßigen Zwerge Gemeinsames und gewannen zugleich die Gewißheit, daß es auch im Abschreckenden Hierarchie gibt. Die schöneren, die porzellanhaften Frauen, sie hatten ihre Narren und Zwerge zur Ergötzung, aus Laune, zum Spiel. Adel und Kirchenfürsten, Statthalter und Militärs, sie pflegten auf Burgen, Pfalzen, Sitzen die Geschäfte mit den Comprachicos. Manchmal ging es auch nur um Feuerspeier oder um solche, die mit ihren Körpern Türme bauten, durch Ringe sprangen, mit den Zehen Laute spielten. Sehr oft aber ging es um eine besondere Züchtung des Comprachico (»Maske wirst du sein, und immer wirst du lachen«), um solche, die Bildung besaßen, die Zitate kannten, die mit flachen Händen Sätze präsentierten, Worte türmten, Reden jonglierten.

Lange Zeit wollte der Comprachico alles andere lassen – das andere, das man auch bei Kirmes, Fasnacht und auf dem Markt gebrauchte – und nur solche Narren züchten, die auch Wahrheitsclowns hießen, weil die die Freiheit besaßen, alles zu sagen, was sie sahen, was sie wußten, was sonst nicht ausgesprochen werden durfte. Allen Knaben, dafür vorgesehen, wurde der Mund bis zu den Ohren verlängert. So grinsten sie immer, stets war der Mund ein Lachmaul, verzog sich zu einer Spaßschnitte. Wohl gab es Empfindung, Gedanken, Stimmungen, Gefühl, den Blick auf andere, den Einblick in sich selbst, Ernsteres, Besinnlicheres, das unweigerlich Konsequenzen auf dem Gesicht hatte. Deswegen wurde ein sauberer Schnitt geführt, fast schmerzlos, bald vernarbend, die Lippen verlängert, daß der Mund bis zu den Ohren reichte, jede Mimik in Komik verwandelnd. Man müsse den Mund, die Ohren und die Augen auf einen Kreis bringen, sonst würde ein Sinn den andern allzu rasch verraten – Ohrenmund, so nannte man das in der Fachsprache. Nur solche Ohrenmünder wollte der Comprachico erziehen, vermieten, verkaufen, ausleihen. Aber allein konnten sie selten gut verkauft oder abgegeben werden, mit andern Spaßmachern schon eher, oder die Ohrenmünder mußten eben selbst Akrobatik treiben, sie mußten sich an Schläge gewöhnen und Tritte hinnehmen. Denn oft rächte man sich an ihnen, aber sie sollten bei der Züchtigung nicht schreien – und sollten sie sich vergessen, ihr Geheul und Gewinsel wurde zu Grinsen, ihr Lachen blieb im Proszenium nie aufgeführten Schmerzes; denn man trat sie oft und schlug sie, zum Spaß und aus verhaltener Wut, wenn man sie auch gewähren ließ, von ihrer Freiheit Gebrauch zu machen: die Erbärmlichkeit des Geschöpfes versöhnte mit der Tatsache, daß es die Wahrheit sprach.

Bei Gelegenheit waren alle Ohrenmünder ausgeliehen, vermietet, verkauft. Da kam ein Auftrag, vom fürstlichen Boten vorgetragen: ein Ohrenmund wurde verlangt, ein besonderes Fest, nur Außerordentliches, man wünschte einen

Wahrheitsclown. Da faßte der Comprachico den Entschluß (er wollte wissen, wie das ist, wenn man als Wahrheitsclown auftritt), selber zu gehen. Einen Buckel ließ er sich herstellen aus Holzspänen und Leim, Schellen heraussuchen, seine Coiffure zerschneiden, ein Kleid aus Leder, um die Schläge abzuhalten, mit Schnallen, Schnüren, Knöpfen. Er stand vor dem Spiegel, sah die Töpfe und die Salben, fuhr sich über den Mund, nahm einen roten Schminkstift und zeichnete sich einen Mund bis zu den Ohren, legte Blau und Schwarz dazwischen, wie vernarbt, puderte sein Gesicht weiß, legte gelblichen Schimmer hinein, band sich ein Knie steif – da trat einer seiner besten Ohrenmünder ein, frühzeitig, unerwartet, schaute stumm zu.

Im Vorzimmer des Fürsten stand der Comprachico dann, geduckt, ängstlich, verlegen und überlegen, von den Dienern zur Seite gebeten und geschubst – wartete, überlegte sich alles, was er gelehrt hatte, um es selber anzuwenden, übte Sprünge, tanzte auf einer Ferse, summte, quengelte, prüfte, ob der Buckel noch saß, kontrollierte seinen Mund, fuhr noch die Lippen nach, trug den Schminkstift mit sich. Man rief ihn. Er verharrte einen Moment, wurde hineingeschoben, stolperte, tat einen Sprung, hockte nieder, kratzte sich am Kinn, schnellte empor, Grimassen – hatte keinen Erfolg.

Man wartete auf den Nachtisch; da warf ihm einer einen großen Knochen zu; der verkleidete Comprachico begriff nicht. Man forderte ihn auf zu nagen, und er parierte: ob dieser Knochen alles sei nach der Verwertung von Witwengütern. Alle außer dem Knochenspender lachten.

Dann nagte er am Knochen und bemerkte zur Frau von G., daß die Mäuse einst mit feineren Zähnen an ihrem Gesicht nagen würden, und dann wollte er den Knochen auf den Teller des Schatzmeisters legen, aber er nahm ihn sofort zurück, der Knochen sei gespendet und nicht gestohlen, und dann wollte er den Knochen auseinanderbrechen und ging deshalb zum Fürsten, um Rat zu holen; er müsse ihm sagen, wie man das anstelle – er habe doch seinem Vorgänger das Haupt gespalten.

Als man den Ohrenmund packte, da rutschte der falsche Buckel, man schaute der Maske ins Gesicht, der Schweiß hatte die Schminke verwischt, man fuhr mit dem Tischtuch über das Gesicht: da stand der Comprachico, der Zwerg-, Narren- und Ohrenmundhändler. Alles war aufgesprungen, der Fürst war zurückgewichen, der Comprachico ließ sich in den landesherrlichen Sessel fallen; alle andern standen darum herum, unfreiwillige Reverenz. Der Comprachico wurde gefesselt, in den Kerker geführt, zurück in den Saal gebracht, zu einem Verhör, ohne verhört zu werden. Man machte ihm den Prozeß, da er sich die Freiheit genommen hatte, die Wahrheit zu sagen, ohne dafür die Verstümmelung auf sich genommen und gelitten zu haben. Als das Feuerwerk einsetzte, war er an den Pranger gebunden.

Man hatte ihm den Mund bis zu den Ohren aufgerissen und an seinen Hals eine Tafel gehängt: »Maske wirst du sein, und immer wirst du lachen.«

Die Erlösung von Tours

Im Rasthaus hatten die beiden zum erstenmal davon gehört; die Mitteilung war nicht für sie, war für jemand anders, den sie kannten, wenn sie seinen Namen auch nicht wußten – er bettelte nur gelegentlich, unten bei der Katherinakapelle, sonst ließ er sich von den Barmherzigen Schwestern aushalten. Die Worte nisteten sich ein, ohne brüten zu wollen. Als Bettler kannte François die feine Unterscheidung von dein und mein und auch deren Verwandlungsmöglichkeit, und er spürte genau, daß er hier nicht mehr um eine Nachricht bettelte, sondern sich schon nahe ans Stehlen machte. So schickte er aus Berufsgewissen seine Hand in den Sack, um im Erbettelten zu kramen, dabei mußte sich der Rücken biegen, und das Ohr kam unwillkürlich näher. Die Worte sammelten sich tropfenweise im Ohrtrichter zu einem dünnen Strahl von Genauigkeit: Am Sonntag, das mußte der nächste sein, da sollten die Gebeine des Heiligen Martin überführt werden. Er schob die Nachricht zwischen Glas und Handmuschel zu Albert; der hatte die Achseln hochgezogen, um jeder Last von Mitteilung gewachsen zu sein, und er konnte sie nun fallen lassen mit der erleichternden Feststellung: »Das bedeutet für uns einen guten Tag.«

Sie sahen, wie die Flaschen sich im Kupfer der Kannen und im Spiegel vervielfachten. »So viele Gläubige werden kommen«, sagte François, und Albert meinte: »Noch viel mehr, und hoffentlich wird es Schönwetter.« Sie verneigten sich vor dem Faß: »Vergelt's Gott – das war ein Schweinehändler.« Dann dankten sie dem Ofenrohr: »Eine ›Madame de‹, reich und geizig, Albert, zähl nach!« – »Eine kleine Gabe«, sie bestürmten die Öllampe, »ein Dienstmädchen wohl.« Sie verbeugten sich vor dem Schanktisch und zwinkerten den Pfosten zu. Dann schütteten sie alle Gaben vor sich auf die Theke, vorsichtig geduckt, daß nichts zu Boden kullerte. François schnitt in der Luft den Haufen in zwei Teile, gleich groß, wie Brüder ehrlich sind, und sie beschlossen im Hinblick auf das kommende Ereignis noch ein Glas zu bestellen, auf die Gesundheit des Heiligen Martin zu trinken.

Das Wischtuch schob sich näher, warf die Krümel und Wasserringe auf den Boden, machte einen Kreis, fuhr in einer Schleife zurück und hielt vor ihren Gläsern. Dann lösten sich die Fingerklammern zu einem Rechen, der durch das Heuhaar des Wirtes fuhr: »Jawohl, ein großer Tag.« – »Was denn?« fragte François. »Daß man die Reliquien überführt.« – »Wohin denn?« – »Hierher nach Tours.« – »So, so.« – »Auch für euch ein Ereignis.« – »Ach, sicherlich.« – »Wer hätte das schon gedacht?« – »Ja, wer schon.« Und die beiden Pupillen schoben sich zur Nase, und der Wirt lehnte sich über die Theke und sah auf die Beine der Bettler: »Auch für euch kommt die Heilung.« Dieses Wort fiel als Glassplitter in den Apfelwein, so daß François und Albert sich gleichzeitig verschluckten und ausspien, erschrocken fuhren sie herum, doch niemand kam durch die Tür. »Heilung«, sagten beide, und der eine fragte: »Wovon?«

»Jawohl«, und der von der Katherinakapelle tappte hinzu, aus einem Lumpenwust glitt ein hölzerner Armstumpf hervor. »Aus diesem Holz werden Finger wachsen, schöne Finger, vielleicht klotzige Finger, dick und weiß wie die Rüben im Garten der Katherina, aber fleischige Finger, Finger, in die man sich schneiden kann und die man verbrennen kann – da wachsen sie heraus, ein Finger zum Auftrumpfen, einer zum Zeigen, beide, um zu kneifen, und ein dritter, um die Knöpfe selber zu schließen, Finger zum Kratzen und Finger zum Streicheln, mindestens zehn, und eine ganze Hand, um eine Tasse zu halten und eine Faust zu machen«, Holz hacken werde er und ein Beil schwingen. Der Armstumpf schlug auf den Schanktisch, sprang auf, schlug nieder. »Alles soll Holz sein, und ich werde es zerhacken und ein Feuer machen, daß man es in B. sieht«, denn von dort komme er her, und das erste Brennholz dazu werde dieser Armstumpf geben.

François' Kopf war so schwer, daß der Ellbogen knickte und das Glas aus dem Schlaf aufschreckte und sich übergab. Albert zeichnete mit dem verschütteten Apfelwein einen Kreis und mit zwei Punkten und einem Strich ein Gesicht. François fuhr sich durchs Haar, und Albert fügte einen Hals dazu. François bohrte sich im Ohr, und Albert entwarf den Körper. François biß sich auf die Lippen, und Albert machte einen Punkt fürs Geschlecht und malte ein Bein. François schüttelte sich und sah das Apfelweinmännchen von Albert, dieser zeichnete gerade das zweite Bein, ebenfalls geknickt am Knie, als ob das Männchen zwei gesunde Beine hätte zum Laufen und sich davonmachen sollte. Da fuhr François auf: »Was fällt dir ein!« Er schmierte das Männchen mit seinem Ärmel zu einem Klecks und sagte zu Albert: »Ein Bein muß lahm bleiben.«

Sie leerten ihre Gläser nicht auf die Gesundheit des Heiligen Martin. Es war diesmal an Albert zu bezahlen; er klaubte in der Tasche, doch das Münzstück zwängte sich los und kauerte sich unter den Tisch. François versuchte es mit einem Krückstock hervorzulocken, aber der Wirt hatte sich bereits gebückt und rieb das Geldstück an seinem Kittel sauber. »Bald werdet ihr euch selber bücken können«, und er klopfte beiden auf die Schultern: »Es wird schon werden.«

Sie verschnürten ihren Sack und banden ihn fest, schoben sich von hinten die Hüte über und humpelten hinaus. Mit dem hellen Aufschlag des Stockes, mit dem dunklen Klang des Fußes und dem Nachschleifen des lahmen Beines nahmen sie den Weg im gleichmäßigen Krückenmaß und ließen sich auf einer Bank gegenüber dem Gasthaus nieder. Sie schwiegen. Albert spielte mit Steinchen, die er auf seinem steifen Bein hochspringen ließ, und fragte, weshalb sie eigentlich so schweigsam seien, es gäbe doch viel zu besprechen, doch François erklärte, er denke nach. Und da ihn dies beruhigte, pfiff Albert, worauf ihn sein Kumpan anstieß, er solle ruhig sein, und da ließ Albert François nachdenken, bis dieser sagte: »Das geht nicht.« Albert nickte und meinte, er verstehe den Heiligen Martin nicht, wurde jedoch zurechtgewiesen, es gelte nicht, den Heiligen zu verstehen, sondern ihm zu entkommen. »Es geht nicht«, und beide sahen, wie die, welche noch beim Abendgottesdienst gebettelt hatten, jetzt ins Gasthaus gingen und wie jedes Mal, wenn die Tür sich öffnete, im Lichtschimmer die gebrochenen Flügel des Engels zuckten.

Sie hatten beide ihr lahmes Bein von sich gestreckt – zwei Geraden ihrer Kraft und ihrer Schwäche. Und sie begannen beide gemeinsam zu überlegen: Zwei lahme und zwei gesunde Beine zusammen, einst hatten sie sich gefragt, warum nicht der eine zwei gesunde und der andere zwei lahme Beine besäße, dann hätte der eine für den andern voll sorgen können, aber sie waren sich nicht einig geworden, welcher von beiden für sich sorgen lassen sollte. Auf jeden Fall, sie waren an der Arbeit gehindert und hatten sich damit abgefunden, waren das geworden, was ein anständiger Mann, der zu nichts Nützlichem verwendet wird, eben werden kann, sie waren freiwillig eine Chance für die Gläubigen geworden, die an ihnen ihr Mitleid und ihre Nächstenliebe beweisen konnten. Sie hatten ihr Brot, und manchmal war es wirklich nur Brot, Tag für Tag abgesessen, allein und in Gesellschaft, das ganze Jahr hindurch und dies über Jahre. Sie hatten sich wohl bei Regen in die Nische zurückgezogen, aber sie hatten auch im Winter ausgehalten, mit jenen Mänteln, die man ihnen im Sommer schenkte. Jeder von ihnen hatte eine Lebensgeschichte zu erzählen; sie erzählten aber nicht das gleiche, obwohl sie das gleiche erlebt hatten. So nahm Albert für seine Kindheit das Hungern auf sich und François die Schläge; ihr Leben war schließlich nicht da, um die andern zu ängstigen, man mußte vorsichtig sein, und sie hatten manches nie gesagt. Sie hatten gelernt, beim Betteln zu lächeln und auch betrübt zu sein, sie schauten tapfer drein, wenn die Zunftmeister kamen, und sie gaben auch regelmäßig dem Küster etwas. Sie wußten genau, wenn die Jungfrauen am Morgen reichlich spendeten, hatten diese in der Nacht von Männern geträumt. Sie verstanden es, ganz einfach und bedeutungslos stumm dazusitzen, ohne die Hand auszustrecken; sie besaßen zusammen eine kleine Scheune und einen Vorrat von Kerzen; sie hatten nicht einfach gebettelt, sie hatten etwas aufgebaut und ausgebaut, sie hatten gemeinsam ihre Plätze gegen andere verteidigt. Sie hatten ihre Sach' auf zwei lahme Bein' gestellt, das ging nicht ohne Krücken, aber es ging.

»Wir gehen weg«, erklärte François und zeigte in die Nacht hinaus, und Albert erschrak: »Wohin denn?«, ob man überhaupt von Tours weggehen könne, ob es auch anderswo solche Kathedralen gebe und ob dies nicht einfach alles ein Gerücht sei, das mit der Heilung und das mit der Erlösung, warum gerade in Tours und warum ausgerechnet der Heilige Martin, und wieso sollten auch alle geheilt werden, ein bißchen Elend würde schon bleiben, und vielleicht seien sie es, die verschont würden. »Propaganda«, sagte er, und François bewunderte ihn für das Wort. Woher er das erbettelt habe, und Albert war stolz, ein solches Wort mit ihrem Leben in Verbindung gebracht zu haben. Doch François wehrte ab, man könne mit dem Heiligen nicht spaßen, man müsse auch dem Guten mißtrauen. »Wir kommen wieder zurück. Aber erst, wenn die Reliquien gut versorgt sind.« Ob man dies wohl dürfe, überlegte Albert, dem Heiligen Martin einfach so davonzulaufen, ob er nicht böse werde, schließlich habe jeder von ihnen noch ein Bein zu verlieren. François liebkoste sein lahmes Bein und strich auch zärtlich über dasjenige von Albert: »Wir machen eine Wallfahrt zur Heiligen Elisabeth, dagegen kann Sankt Martin nichts haben.«

Sie lungerten dann auf der Treppe vor der Kathedrale

herum, das letzte Mal vor ihrer großen Reise. Sie hatten alle Kleider angezogen, die sie besaßen, auch wenn ihnen dabei warm wurde; die Hüte waren weit weg aufgestellt, aber doch in Blicknähe. Sie streckten ihre Gesichter der Sonne entgegen, daß ihre Bartstoppeln glänzten wie ein umgekehrter Heiligenschein. Albert hielt einen Kamm in der Hand; es war ihres Erinnerns der erste Gegenstand, den sie gekauft hatten, aber schließlich gingen sie auf Reisen. Und da Albert kaum Haare besaß, strich er über seine Brauen und kämmte die haarigen Arme und lachte, wenn ihn die Kammzacken kitzelten.

Da kam der Ausrufer von der Stadt, stellte sich nahe bei ihnen auf, was ihnen zusagte, da viele Leute sich sammelten. Und wie der Ausrufer trommelte, machte François Albert aufmerksam, »wie schön hölzerne Beine tanzen können«, und noch ganz benommen hörten sie das Dekret; es war ein Erlaß, vom Bischof und vom regierenden Fürsten gemeinsam herausgegeben. Es wurde im Namen Gottes und in aller Form der Bevölkerung von Tours bekanntgemacht, daß am Sonntag die Gebeine des Heiligen Martin hierher überführt würden; die Häuser seien für diesen Anlaß zu schmücken und alle Gaststätten bis nach Ende der Prozession zu schließen. Der darauffolgende Tag sei ein Festtag, denn man erwarte Großes von dieser Überführung, eine Veränderung, die Wunderkraft des Heiligen sei berühmt und bewährt, die Gelegenheit einzig und besonders, man dürfe diesen Wink des Himmels nicht ungenutzt lassen, worüber Staat und Kirche sich einig seien: Alle Gebrechlichen und Kranken und alle körperlich Behinderten hätten sich demnach am nächsten Sonntag vor der Kathedrale einzufinden, sie würden gemeinsam dem Heiligen entgegengeführt, es gebe aus keinem Grund von dieser Gnade irgendwelchen Dispens. Von den Kirchgängern, die die Nachricht hörten, gaben die einen den Bettlern nichts mehr, da diese bald gesund würden und heil; und andere gaben erst recht etwas, weil es das letzte Mal sein würde. Aber das kümmerte die beiden nicht, sie sahen noch einmal den Tanz auf dem Trommelfell und schauten, wie die beiden Schlegel in den Gurtenring eingezwängt wurden.

Ganz geschlagen gaben sie sich nicht; schon oft hatte das Leben aussichtslos ausgesehen, doch waren sie bedrückt. Sie beschlossen, im Zug die letzten zu sein, denn außerhalb der Stadt dürfte sich sicherlich eine Gelegenheit bieten, sich aus dem Staub zu machen. Auf jeden Fall wollten sie von Tours Abschied nehmen, wie sie es als Bettler gekannt hatten, wollten noch einmal die Stadt durchhumpeln, wo sie ihre Existenz aufgebaut hatten. François ging allein zur Katherinakapelle, wo er angefangen hatte zu betteln, er saß so traurig dort, daß jedermann ihm etwas gab, er nahm es mehr aus Gewohnheit entgegen, wenn es ihn auch im Innersten rührte, nicht weil man großzügig zu ihm war, sondern weil er fühlte, daß man ihn hier als Bettler nahm und als solchen behandelte. Albert begab sich zum Stadttor, durch welches er einst in diesen Ort gekommen war, und legte nochmals seinen ersten Weg zurück, direkt zum Gasthaus. Obwohl es Sommer war, spazierten sie gemeinsam zum Kesselschmied, wo sie sich sonst nur im Winter zu wärmen pflegten. Sie schlichen zum Garten des Bürgermeisters, obwohl sie gar nicht Hunger hatten; aber sie wollten noch einmal mit ihren Krückstöcken Karotten ausgraben, das Gesellenstück, womit Albert François überzeugt hatte, eigentlich nur etwas für den Notfall, aber auch wenn man bettelte, mußte man mit Notfällen rechnen, denn keine menschliche Not ist so, daß sie nicht noch ihre Notfälle hätte. Sie humpelten den Fluß entlang, und Albert wollte wissen, ob es auch lahme Wellen gebe, und François meinte, daß in dieser Welt alles möglich sei, und sie schauten beide dem Wasser nach, das Tours verlassen konnte. Und sie besuchten noch einmal Madame M., wo sie immer eine Erbsensuppe erhielten; natürlich sprach auch sie vom kommenden Sonntag und von Sankt Martin, und François meinte: Ja, ja, das sei der, der nur die Hälfte seines Mantels schenke, und da sie beide so niedergeschlagen waren, logen sie vor: eine Base sei gestorben, und die Tränen kullerten wie gekochte Erbsen in den Brei.

Am Sonntag wollten sie spät sein, so daß sie auf keinen Fall in die vorderen Reihen eingeordnet würden, aber sie waren pünktlich. Sie waren kaum um die Ecke zur Kathedrale gekommen, als bereits jemand vor ihnen stand, der ihre Namen auf der Liste hatte und mitteilte, es gebe nicht einen geschlossenen Zug, das sei zu schwierig wegen der vielen Gebrechen, man ziehe in einzelnen Gruppen los und auch zu unterschiedlichen Zeiten, am Ende kämen die Wagen mit den Kranken, die nicht zu Fuß gehen könnten. Tatsächlich waren alle, welche die beiden als Leidensgenossen kannten, bereits gesammelt, in geordneten Reihen, die einen unruhig und keifend und die andern die Litanei betend; und sowie der Mann vom bischöflich-fürstlichen Organisationskomitee die beiden eingeordnet hatte, gab der Kapuziner das Zeichen zum Aufbruch. Die beiden wären eigentlich noch gerne einen Augenblick auf dem Platz geblieben; denn gegenüber spielte Musik, und da trat ein Bärentreiber auf, und ganz vorn tanzten ein paar Mohren, und die Pferde waren mit Kränzen und Blumen geschmückt; und sie hätten gerne noch in einige Wagen geschaut, nur um so zu wissen, wer in diesen Kissen und Decken eingebettet lag, und Stände waren da aufgebaut und Frauen mit Röcken aus Gegenden, die sie nicht kannten. Aber statt dessen waren sie sogleich, ohne sich weiter umsehen zu können, wieder in eine Seitengasse zurückgeführt worden, von wo aus sie sich nun mit ihrer Gruppe auf den Weg machten – ein Häufchen, das wie zu einer Schlacht auszog, bewehrt mit Stecken und Stöcken, und ihre Krücken hielten mit den Pflastersteinen aufgeregte Zwiesprache, während die beiden kaum vorwärts kamen, so klammerten sie sich an ihre Krückstöcke – Seitengasse um Seitengasse ging es den Gebeinen des Heiligen Martin entgegen.

Man war schon ein ziemliches Stück außerhalb von Tours; weit vor ihnen gingen die Blinden, die hatten Seile um den Bauch, damit sich der Hintermann festhalten konnte. Und hinter ihnen, sichtbar nur, wenn der Weg sich bog, kam eine Gruppe von Mädchen, die Blumen streuten. Zu beiden Seiten der Straße saßen die Gesunden, auf Decken gelagert, mit Eßkörben, und sie boten den Vorbeiziehenden von ihren Würsten und von ihrem Brot an, doch konnte dies der Kapuziner nicht zulassen, wegen der Unordnung und der Streitigkeiten. Und wie die Gruppe auf eine Anhöhe kam, erblickten sie in der Ferne ein Leuchten und Gleißen; ein rotes und goldenes Viereck, der Baldachin, darunter mußten die Gebeine des Heiligen Martin sein, sie sahen in der unbewegten Luft den Weihrauch steigen, und sie sahen die weißen Röcke der Meßdiener, ein Gewoge von Menschen, Pferden und Lanzenträgern, Jubel rechts und Freude links. »Jetzt los!« rief François, und niemand bemerkte sie, denn die Gruppe war starr vor Sehen und stumm vor Staunen. Da drehten sich François und Albert um, sie kletterten über den Straßengraben, und da ihre Bündel sie behinderten, warfen sie sie weg, obwohl Albert noch die Kerzen eingepackt hatte, »geradeaus über den Acker« und »nur weg von der Straße«. Aber ihre Krücken versanken im weichen Boden, »das macht nichts«, »jetzt nur weiter«, und sie hörten, wie sich der Gesang näherte, und sie sprangen mit Stock und gesundem Bein. Albert stürzte in die Furche, konnte sich aber an Stauden wieder hochziehen; der Gesang kam näher, sie konnten schon das Wort »Martin« hören. François war ein Stück voraus; sie lockerten sich den Gurt. »Rennen sollte man können«, rief Albert, und beide keuchten, ihr Atem stach, sie lockerten den Gurt, Schrittchen, Hüpfer – die Prozession war vor ihnen. Da schrie François: »Dieses verfluchte Bein!«, und Albert: »Dieses verdammte Bein!« In diesem Augenblick fiel die Krücke von ihnen, sie schlug ihnen auf beide Knie, und sie spürten, daß beide weh taten, da wußten François und Albert: sie waren geheilt und erlöst. Sie drehten sich um: Die Stadt war nur Glockenklang, und die Straße ein einzig *Te Deum laudamus.*

Die lederne Gesinnung

Er lebt in einer Redewendung weiter, auch wenn sich kaum jemand bewußt ist, auf wen besagter Ausdruck zurückgeht und daß, wie sich jetzt herausstellt, alles ganz anders war.

Zwar hatte der Prozeß um das »Schuhmacherlein« über dessen Tod hinaus eine Zeitlang Historiker und mehr noch Autoren moralisch-religiöser Traktate beschäftigt. Aber die Affäre wäre für immer in Vergessenheit geraten, wenn nicht vor kurzem ein Dokument entdeckt worden wäre.

Obwohl es etliche Zeugnisse aus der Zeit gibt, ist nicht einmal das Jahr auszumachen, in dem der Prozeß gegen das »Schuhmacherlein«, den »sapateirinho«, stattfand. Man darf dafür die Mitte des fünfzehnten Jahrhunderts annehmen. Unbestritten aber ist der Ort, aus dem der »sapateirinho« stammte, ein Dorf im Ribatejo, einer Provinz, die von Lissabon aus flußaufwärts liegt.

Die Figur wirkte weit über die Region hinaus, und das Volk nannte ihn »conselheiro«, Ratgeber. Als er verhaftet wurde, rotteten sich Anhänger vor dem Gerichtsgebäude zusammen und mußten mit Gewalt auseinandergetrieben werden. Nachdem er unter der Folter gestorben war, wuchs seine Popularität, allerdings hielt sie nicht so lange an, wie Gebeine brauchen, um zu vermodern.

Seine Beliebtheit beim Volk ergab sich nicht zuletzt daraus, daß er aus ärmsten Verhältnissen stammte; seine Eltern waren Landarbeiter gewesen, die »de sol a sol«, von Sonnenaufgang bis Sonnenuntergang, arbeiteten. Er selbst hatte als Halbwüchsiger das Handwerk eines Schuhmachers erlernt und sich später vorzügliche Kenntnisse als Gerber erworben. Er lernte auch lesen, während ihm das Schreiben zeit seines kurzen Lebens schwerfiel, selbst um Latein bemühte er sich, so daß er nicht ungern, wenn auch oft an unpassender Stelle, ein lateinisches Wort einflocht.

Aufsehen erregte er mit seinem Glaubenssatz: Die, die auf dieser Welt leben, seien keine Menschen, und die, die sich dafür ausgäben, täten nur so, als seien sie welche.

Mit solchen Gedanken belustigte und beunruhigte er seine Umgebung. Als er immer mehr Zuhörer fand, predigte er nicht mehr in seiner Werkstatt und nicht mehr bloß am Feierabend; er begab sich auf die Märkte der nächsten Flekken und erfuhr größeren Zulauf als Artisten und Gaukler. Er fesselte seine Zuhörer damit, daß er als Beweis seiner These aktuelle Ereignisse heranzog und daß er Verbrechen und Hohe Politik in einer Weise mischte, »wie dies in keinem Buch, dafür um so mehr in der Wirklichkeit vorkommt«.

Sein Ruf wurde so beachtlich, daß er nach Lissabon zu einem Disput eingeladen wurde. Nicht daß die führenden Scholastiker in ihm einen ernstzunehmenden Gegner gesehen hätten; aber es gab damals, als die »manieristische Logik« dominierte, eine unterschwellige Sympathie für die »theologia simplex«, was bekanntlich manche Kulturgeschichtler als vorreformatorische Ahnung interpretieren.

Bei diesem Disput stellte der Herausforderer gleich anfangs die Frage, inwiefern das »Schuhmacherlein«, Verzeihung »der Ratgeber«, seine Gedanken mit der Bibel in Übereinstimmung bringe. Das Schuhmacherlein führte aus: Die Menschen als Geschöpfe Gottes seien – ceterum censeo – mit der Sintflut untergegangen. Die, welche von der Arche heruntergekommen seien, seien nicht die gleichen gewesen, welche sie gebaut und welche in sie hineingegangen seien. Unter die Tiere hätten sich Ungeheuer gemischt, das habe leicht passieren können anläßlich des Durcheinanders, das beim Verladen herrschte. Die Ungeheuer hätten während der Sintflut Noah und dessen Familie umgebracht und hätten sich nach der Sintflut als Noah und dessen Familie ausgegeben. Es sei ja niemand dagewesen, der ihnen das Gegenteil hätte beweisen können. Einzig die Tiere, die seien Zeugen gewesen; aber ihnen, die bis dahin die menschliche Sprache beherrschten, hätte es die Sprache verschlagen angesichts dessen, was sie auf der Arche miterlebten. Was sie seither als Laut von sich geben, sei nichts als Klage und Anklage, daß die, die als Menschen auftreten, gar keine seien.

Als einer der angesehensten Aristoteliker dem Schuhmacherlein entgegenhielt, es gebe noch mehr und andere Bücher im Buch der Bücher, meinte dieser nur: Was dort und nachher und sonstwo geschrieben worden sei, sei immer von solchen verfaßt worden, welche von der Arche heruntergekommen seien, und nicht von jenen, die in der Sintflut ertranken, bei jedem Schreiben sei ein Ungeheuer am Werk, um Ungeheuerlichkeiten zu rechtfertigen. Er beharrte darauf, daß die, die sich als Menschen ausgäben, Nachfahren von solchen seien, die nicht rettungswürdig waren, sondern verdammenswert.

Das Erstaunliche war, daß man das Schuhmacherlein nach diesem Disput laufen ließ. Die Gelehrten hatten sich alle an den Kopf gegriffen, einige, um auf die Stirn ein Kreuz zu zeichnen, die meisten aber, um an die Stirn zu tippen.

Dann aber machte sich das Schuhmacherlein daran, aus seinen Glaubenssätzen praktische Konsequenzen zu ziehen: Wenn die Menschen keine Menschen seien, sei es unsinnig, menschliche Gesetze aufzustellen. So verkündete er vorerst einmal die Befreiung alles Geschlechtlichen, die Auflösung ehelicher Verbindungen und die hemmungslose Promiskuität. Nicht nur deswegen brachen ganze Dörfer auf, um sich in der Nähe des »conselheiro« anzusiedeln. Aus allen Provinzen kamen Leute, die aufatmeten, endlich nicht mehr so tun zu müssen, als seien sie Menschen.

Da wurde das Schuhmacherlein verhaftet und vor Gericht gestellt. Aber es kam zu keinem Prozeß, denn er starb unter der Folter. Seine Standhaftigkeit verhalf ihm zum höchsten Grad von Ruhm, zu einer Redewendung, die Allgemeingut wurde. Denn, so war zu vernehmen: Der »conselheiro« wich unter der ärgsten Tortur nicht von seiner Meinung ab. Er bewies eine »lederne Gesinnung«, eine »opinião cortida«, eigentlich eine »gegerbte« Gesinnung, damit war eine gemeint, auf die man hämmern und schlagen kann, die man mit der Ahle durchbohren, die man aber nicht brechen kann, von der Qualität jenes Leders, für das seine Werkstatt berühmt war.

Vor kurzem jedoch ist ein Dokument gefunden worden, welches dieses Ereignis aus der Vergessenheit holt und es in ein völlig neues Licht rückt.

Die Entdeckung wurde wie so viele andere aus purem Zufall gemacht. Bei der jüngsten Überschwemmung des Tejo wurde auch das Kastell São João in Mitleidenschaft gezogen. Der »Schutzdienst für das nationale Patrimonium« hatte das Kastell vor dem totalen Ruin bewahrt, indem er einige Fenster zumauern und das Portal mit einem Bretterverschlag absperren ließ. Als der Tejo über die Ufer trat, drang ein Feuerwehrmann ins Kastell ein, da er aus Gewohnheit überzeugt war, daß dort, wo etwas überschwemmt wird, auch etwas zu retten sei. Der Kommandant wollte ihn abhalten, da trug der Feuerwehrmann bereits zu aller Überraschung ein Faß heraus. Als die Feuerwehrleute nach getaner Aufräumungsarbeit das Faß anzapften, war es vollgestopft mit Dokumenten.

Unter diesen Papieren befand sich auch das, welches Azevedo da Cunha in den »Acta portugália« herausgegeben hat. Einmal mehr zeigt sich, was für eine fündige Hand dieser Mediävist besitzt. Wir verdanken ihm schon die Veröffentlichung der (anonymen) Satire aus den Anfängen des fernöstlichen Gewürzhandels, *Das Loch im Pfeffersack*, eine frühe Kolonialismuskritik, deren Derbheit der Aussage so reizvoll mit der Eleganz der Alexandriner kontrastiert.

Das Dokument, das Azevedo da Cunha vorlegte, war eine »flagellatio spiritualis«, eine jener »Geistesgeißelungen«, wie sie in dem Kometen-Jahrzehnt des zweiten Drittels des fünfzehnten Jahrhunderts beliebt waren und deren man sich angesichts der Weltuntergangsstimmung nicht ungern unterzog, der Katastrophe insofern Sinn abgewinnend, als man sich zur Wahrheit entschließt, da es doch nicht mehr drauf ankommt. Besagte »flagellatio« hatte als Verfasser einen Mann, der dem Barfüßer-Orden beitrat, nachdem er sich als

Folterknecht durchgeschlagen hatte. Er war einer der beiden Folterer, unter deren Befragung das Schuhmacherlein den Geist aufgab.

In der »flagellatio« seiner Gewissenserleichterung kommt Padre Rui ausführlich auf den Prozeß zu reden. Er schildert, wie der »conselheiro« unter der Folter seine Rede widerrief. Aber das hätten sie, Folterer und Richter, nicht zugeben wollen; denn er sei ihnen unter der Befragung gestorben; sie wollten sich nicht dem Vorwurf aussetzen, sie hätten einen zu Tode gequält, der abgeschworen habe. Sie hätten gelogen und mit ihrer Lüge dem Schuhmacherlein seine lederne und gegerbte Gesinnung gerettet.

Der Mann also, auf den die Redewendung von der »ledernen Gesinnung« zurückgeht, hatte demnach vor dem letzten Atemzug seine »opinião cortida« aufgegeben; denn er hatte den beiden, die ihm die Augenlider wegschnitten und die Nägel ausrissen, zugestanden, daß sie dem Kopf, der Seele und dem Körper nach vollumfänglich und tatsächlich Menschen sind.

Der letzte Babylonier

Von weitem war der Baukoloß aufgefallen. Wie hoch hinauf der reichte und wie ausholend das Fundament angelegt war, registrierte er erst, als er davor stand. Er wunderte sich, wozu ein solcher Rundbau gut sein sollte. Er erhielt keine Auskunft. Ihm war nicht einmal klar, ob der Redeschwall, der ihm entgegenkam, eine Antwort war; was gesagt wurde, wurde in einer Sprache vorgebracht, die er nicht verstand.

Es mußte ein Turm geplant worden sein. Um seine Außenmauer wand sich eine Spiralstraße, prächtiger als jeder Prozessionsweg, breit genug, um Wagen mit Viergespannen einander begegnen zu lassen. Doch man schien am Turm nicht zu bauen, obwohl unzählige Arbeiter auf den Gerüsten herumkletterten. Überall wurden Lehmziegel aus den Mauern gebrochen und nach unten geschafft; dort wurden sie gesäubert und das Markenzeichen ausgeputzt: »Leiter, in den Himmel reichend.« Einige Ziegel wurden an Ort und Stelle zum Kauf angeboten, die meisten aber in alle Welt verschickt, als »Souvenir«, wie er feststellte. Er sprach dies Wort so laut aus, daß die Umstehenden, die säuberten und verpackten, lachten; sie lachten auf eine Weise, die er so wenig beherrschte wie ihre Sprache. »Souvenir« schien das einzige Wort zu sein, das sie verstanden.

Sie bauten nicht an einem Turm, sie bauten ihn ab.

Doch erst recht kam es zu keiner Verständigung, als er das väterliche Haus aufsuchte. Sie hatten aufgestockt; die Umfassungsmauer war noch die gleiche, auch das Bogentörchen, durch das sich kein Kamel zu zwängen vermochte, durch das er als Kind aber manchmal entwischt war. Als er sich nach seinem Vater erkundigte (»Ich bin Nebuk«), begriff der Hausdiener nicht; nach einer gewissen Zeit raufte sich dieser die Haare und verdeckte mit dem Ärmel das Gesicht; sie trauerten anscheinend noch immer nach herkömmlicher Art. Seine Annahme traf zu – sein Vater war gestorben. Als sich seine Mutter näherte, fielen sie sich in die Arme; als sie zu reden begannen, äußerten sie sich in verschiedenen Sprachen. Erst später erfuhr er, seine Mutter habe geklagt, daß es nicht gut sei, die Kinder in die Fremde zu entlassen, sie reden unverständlich, kehren sie zurück.

Die Klage begriff Nebuk um so weniger, da er nach wie vor adamisch redete, die Sprache Adams, die ihm seine Mutter beigebracht hatte, auch wenn er ihren euphratischen Akzent nicht übernahm. Es war die Sprache, in der er mit seinem Vater gestritten hatte, als es um die Weiterführung der Teppichknüpferei ging. Er redete nach wie vor Adams Sprache, die »Paradiessprache«, wie das Adamische an Gedenktagen genannt wurde. Eine Sprache, in der »das Kraftbrüllen des Löwen und das Sanftblöken des Schafes« ungestört nebeneinander aufklangen, wie sie gelernt hatten. Sicherlich war es schon während seiner Schulzeit zu Widerständen gekommen, zum Aufstand der Rippen etwa. Frauen hatten sich in Geheimbünden getroffen und das Adamische mit Evischem durchsetzt. Bekannt war der Streit, weshalb es *der* Apfel hieß und nicht *die* Apfel, weshalb die Frucht, die Eva

Adam überreichte, männlichen und nicht weiblichen Geschlechtes sein sollte.

Nebuk fand heraus, was am »schwarzen babylonischen Freitag« geschehen war, während er sich selber noch in den Wüsten herumgetrieben hatte, der Großstadt Babylon müde. Er dachte an die Karawanserei seiner jungen Mannesjahre, an die Liebschaften, die wanderten wie Dünen. Während er unter Sternen in einem Flugsand-Traum den Himmel zu sich in die Oasen zwischen Palmen heruntergeholt hatte, hatten sie sich in Babylon an den Bau eines Turms gemacht, der bis in den Himmel reichen sollte. Doch eines Morgens, bei Sonnenaufgang und Arbeitsbeginn, hatten die Gastarbeiter vom Tigris nicht begriffen, was die einheimischen Vorarbeiter vom Euphrat befahlen, und diese hatten kein Wort mehr mitgekriegt von dem, was die Bauführer und Architekten anordneten, die wiederum hätten vom Wirrwarr der Bauherren gesprochen, und die begriffen ihrerseits nicht, was die Geldgeber an Bedingungen stellten, und es kam zu den ersten Selbstmorden von Geldwechslern und Bankiers, als auch die Zahlen nicht mehr hießen wie einst. Horden überfielen die Baubüros und zerrissen Pläne, weil sie meinten, das sei gefordert; andere vertrieben zur eigenen Verwunderung Lasttiere oder schlachteten sie. Krane wurden umgestürzt, und Brennöfen ließ man ausgehen. Ein Architekt wurde eingeliefert, aber die Wärter selber redeten irre. Steinmetze flohen ohne ersichtlichen Grund ins Exil. Die Polizei verhaftete sich selber, und die Richter fällten Urteile, die weder Ankläger noch Angeklagte verstanden. Die Hohepriester redeten gleichzeitig in unbekannten Zungen. Über der Stadt habe Wolken gleich tagelang ein verzweifeltes Stimmengewirr gelegen, das alle Raubvögel verscheuchte.

Seitdem redeten einige »so« und andere »la« oder »bla«, manche »soso« und andere »lala«. Als Nebuk in seine Vaterstadt zurückkehrte, kam es zu ersten Mischsprachen wie »sola« und »laso«; es setzte sich aber immer mehr das »solala« durch, nur Seher und Sänger pflegten eine Unterart des »blabla«.

Nebuk, der am Turmbau nicht beteiligt gewesen war, sah sich bestraft, ohne daß gegen ihn eine Strafe ausgesprochen worden wäre, dadurch bestraft, daß er der letzte war, der adamisch redete.

Hier hatte sich Nebuk eine Auskunft geholt und dort eine Information beschafft; er ordnete sie in Reihenfolgen, suchte Zusammenhänge und deckte welche auf. Die Erkenntnisse waren zunächst nicht dank Wörtern zustande gekommen. Kreischen, Weinen oder Lachen blieben allgemein verständlich, doch wenn zwei lachten, war es nicht klar, worüber sie lachten; aber dem war auch früher so gewesen, wo nicht alle, die weinten, über das gleiche weinten. Verläßlichere Eindeutigkeit brachte das Lautmalerische. Wer »quak, quak« rief, bot Enten feil. Bald spezifizierte sich die Lautsprache. Mit »Kikeriki« war das Federvieh gemeint, Hahn wie Huhn, während mit »gagak« Eier bezeichnet wurden. Sehr bald kam es zu Verbindungen von Geste und Ton. Wer Luft molk und »iah-iah« sagte, wünschte Eselsmilch, mit »mumuh« solche von der Kuh.

Dieser Prozeß spiele sich, nach Nebuks These, auch im individuellen Leben ab. Jedes Kind träume im Mutterleib davon, einen Turm bis in den Himmel zu bauen. Doch mit der Geburt komme es zur Sprachverwirrung, wenn die Mutter das erste Wort mit »dulli« und »dalli« ans Kind richte. Daher würden die Kleinen anfänglich so reden, wie dies zur Zeit der babylonischen Sprachverwirrung, der sogenannten Postturmperiode der Fall gewesen sei – klassische Grundwörter seien »papa«, »pipi« und »popo«.

In dieser Umbruchperiode entwickelte Nebuk die Unterrichtsmethode einer optischen Sprache. Wer den ausgestreckten Zeigefinger gegen die Schläfe richtete, »dachte«, wer dazu den Kopf schüttelte, hatte »Zweifel«, wer die rechte offene Handfläche auf den Bauch legte, hatte »Hunger«, wer mit der Handfläche den Bauch rieb, war »satt«. Was mit Gebärde, Mimik und Haltung ausgedrückt wurde, fand bald als Finger- und Handsprache bei Taubstummen Verwendung. Nebuk entwarf eine Gebärdensprache, die weit über Babylon ins Zweistromland hinaus wirkte. Als Ausdruck des Zeitgeistes wurde gewertet: Zerren ohne Seil und ohne etwas am Seil, Wagenschieben ohne Wagen, Treppensteigen, wo keine Stufen sind, oder gegen den Wind ankämpfen, wo keiner bläst. Berühmt wurde die Umarmung. Mit dem Rücken zum Gegenüber umarmte Nebuk sich selber, streichelte Nacken und Schultern und war liebkosend nicht mehr allein. Nicht weniger applaudiert war im Sinne des Zeitgeistes »auf der Stelle treten« – »Gehen ohne weiterzukommen«, tun, als setze man den einen Fuß vor den andern, ihn aber wieder in die Ausgangsstellung bringen, das gleiche mit dem andern Fuß, dieses Schreiten wiederholen, den Gang beschleunigend oder verlangsamend, mit den Hüften schwenkend, die Hand als Schirm über den Augen ins Weite schauen, als gebe es ein Fernziel.

Die Pantomimenschule (»dem Sprachlosen zur Sprache verhelfen«) wurde eine anerkannte Übersetzerschule. Hier lernten die Jungen die Wörter der einen Sprache in Figuren der andern zu übertragen.

Oder wie die Devise lautete: »Das ›Beißen‹ derart wiedergeben, daß der andere beim Lesen anfängt sich zu kratzen.« Aus dieser Übersetzerschule gingen viele ins Bankgeschäft und machten ihre Karriere als Geldwechsler oder als »Münzinterpreten«, wie sie auf »solala« hießen.

Zwei Gesten aber galten als Verletzung der guten Sitten, und beide gingen auf Nebuks Autorschaft zurück. Als sich das Solala noch nicht durchgesetzt hatte, hatte Nebuk, wenn er etwas nicht verstand, auf die Stirn getippt und danach die ausgestreckten Finger beider Hände flattern lassen. Die Vogelgeste war von der Jugend popularisiert worden als Zeichen für »Der hat einen Vogel« und »Hör auf mit dem Quatsch«. Pädagogen klagten, Schüler würden ihre Finger flattern lassen, noch bevor die Lehrer mit dem Keilschrift-Unterricht begännen. Die zweite Geste, eine Faust zu machen und mit dem ausgestreckten Daumen nach oben zu zeigen, war eine Anspielung auf den Turmbau und stand für unsinnige Unternehmen sowie für Aussichtsloses und Unbedachtes. Auch die Priesterschaft führte Klagen: Die Jungen würden sich zwar die Ermahnungen anhören, aber hinterher das Faustzeichen machen. Es wurde außerdem gemunkelt, was als besonders skandalös galt in einer Gesellschaft, die keine Darstellung von Nacktem duldete: Der nach oben gerichtete Daumen symbolisiere Erigiertes, als sei auch dies unbedacht und aussichtslos.

Die Verhaftung hatte einen Tumult ausgelöst. Nebuk war

mitten aus einer Massenveranstaltung abgeführt worden. Er hatte am Fuß der Königsburg vor der Mauer mit dem geflügelten Sonnenrad ein neues Musikinstrument vorgestellt: die singende Leiter. Die tönte anders als Zimbel, Harfe, Flöte oder Trommel. Die Sprossen der singenden Leiter waren verschieden dick und aus Metall, so daß sie unterschiedlich hell und dunkel klangen, je nachdem wie auf ihnen die Schlegel der Musikanten hüpften. Es zeigte sich, daß das Instrument, wenn es aus einer Leiter hergestellt war, die beim Turmbau verwendet worden war, einen volleren Klang besaß als die später verfertigten. Alarmierend war, daß die Protestierenden Souvenir-Ziegelsteine als Waffen gegen die Ordnungshüter einsetzten. Vor dem Gefängnis, in das Nebuk gebracht worden war, stimmten Demonstranten das Himmelsstürmer-Protestlied an, das dank der singenden Leiter zu einem Tontafel-Erfolg wurde – »Kratzt die Wolken kratzt«.

Der wahre Grund für Verhaftung und Prozeß war nicht »Verführung der Jugend«. Nebuk hatte vorerst in privaten Kreisen dazu angeregt und danach in der Öffentlichkeit dazu aufgerufen, erneut an den Bau eines Turmes zu gehen, einem solchen Unternehmen stehe nichts mehr im Weg, dank einer Übersetzerschule wie der seinen sei beim Bau jegliche Verständigung gesichert. Gegen seinen Vorschlag wehrten sich die Gewerbetreibenden und Ladenbesitzer, die in der Bauruine ihre Geschäfte eingerichtet hatten: Babel-Turm war eine schicke Adresse. Nicht nur für Schnitzereien und Mosaikfußböden, ein nicht minder begehrtes Einkaufszentrum für die Bepflanzung der hängenden Gärten und für aufblasbare Hammelschläuche.

Der entscheidende und folgenreiche Widerstand formierte sich bei den Hohepriestern: Es könnte zu viel härteren Strafen kommen, nicht nur zu sprachlicher Verwirrung. Was, wenn die, die sich erneut an den Bau machen oder ihm auch nur zustimmen, Verkrüppelung befällt oder Blindheit, so daß sie einander nicht mehr nur nicht verstehen, sondern auch nicht mehr sehen, da müßte Nebuk sich was anderes einfallen lassen als Gesten und Mienen.

Durch diese Bemerkung und den versteckten Vorwurf der Gotteslästerung herausgefordert, ließ sich Nebuk hinreißen: Die Hohepriester hätten sich schon längst selber an den Weiterbau gemacht. Die Nachfrage nach »Lehmziegeln vom Turm« sei sehr groß, da man ihnen heilende Wirkung nachsage; so würden heimlich neue Backsteine verfertigt, darunter vorzugsweise die teuren mit Reliefdarstellungen, die in kompliziertem Verfahren antikisiert würden. Ob die Gottesgelehrten es mit der Theologie gleichermaßen hielten, heimlich an der Bauruine einer alten Frohbotschaft zu basteln, indem man vorgebe, Neues zu predigen. Nebuk ließ es nicht dabei bewenden: Was, wenn der Turm gebaut wird und es sich herausstellt, daß die Wolken unbewohnt sind und der Himmel götterlos.

Im Gefängnis steckten sie ihn in eine Dunkelzelle. Die Wärter, die ihn durch einen Spion beobachteten, berichteten: Er trete auf der Stelle und komme nicht weiter, und doch sei es, als gehe er. In gewissen Momenten sehe es aus, als sei er nicht allein; über den Schultern und auf dem Rükken zwei liebkosende Hände. Doch dann veränderte Nebuk sein Verhalten. Er klopfte an die Wände, kurz und lang, mit unregelmäßigen Pausen, anscheinend nicht zusammenhangslos. Bald antworteten aus den beiden Nachbarzellen, später auch aus den Zellen darüber und darunter, Klopfzeichen, als sei das Gefängnis ein Steinbruch, aber es wurden nicht Steine geklopft, sondern Wörter.

Sein Besitz war eingezogen worden; er hatte sich im Interesse der Kinder von seiner Frau getrennt. Er trug auch nicht mehr am Hals die Kette mit seinem Rollsiegel daran. Nach seiner Entlassung trieb er sich in den Straßen Babylons herum. Halbblind, da sich die Augen kaum mehr an die Helligkeit gewöhnten. Auf einen Stock gestützt humpelte er, gelegentlich gab er mit dem Stock Klopfzeichen gegen den Boden durch: Er rede mit denen, die unter dem Boden wohnen, er bückte sich, um ihre Antworten besser zu verstehen. Traf er ein Kamel, ließ er die Wüste grüßen; er redete mit dem Tier adamisch. Das Kamel nahm sich Zeit fürs Verstehen, das Kauen war seine Art nachzudenken.

Er sei Adamit. Seine Mähne wuchs ihm über die Schultern und verfilzte. Die Brauen hingen bis zu den Lidern und der Bart bis zum Gurt. Im Garten Eden habe man keine Schere gekannt, als Kamm dienten ihm fünf Finger. Einige meinten, es habe im Paradies immerhin Flüsse gegeben, um sich zu waschen. Die Kinder höhnten hinter ihm her: »Ne-buk, Ne-buk, guck-guck-guck.« Als »letzter Babylonier«, wie er sich selber bezeichnete, war er ein bestauntes Wahrzeichen geworden. Daher wurde sein Schüsselchen, das er am Gurt trug, gefüllt, wenn er es für eine milde Gabe hinhielt, und manche steckten ihm hin und wieder einen Schekel zu, und er gönnte sich ein Dattelbier.

War er der Dinge müde, hielt er irgendwo mitten im Herumziehen auf irgendeinem Platz oder an irgendeiner Ecke inne. Als Einstiegsnummer drehte er dem Publikum den Rücken zu, liebkoste Schultern und Nacken, wandte sich unversehens um, hielt seine leeren Hände hin und begann zu singen. Er sang auf adamisch. Laute Spötter wurden still, ob jung oder alt, kein Guck-guck, der Beamte wie der Hörige, Soldat und Sklave, Kanalarbeiter und Großgrundbesitzer, selbst Tempelwärter und Priester, sie standen an, hockten sich hin, bildeten einen Kreis, summten mit oder klatschten den Rhythmus. Alle waren sich in Ergriffenheit einig: »Schön ist die Sprache unserer Herkunft, schade nur, daß sie unverständlich ist.«

Was für ein Zirkus

Die Kunst des Kunststücks

Ein Emballagevorhang, alle Risse als mögliche Gucklöcher geflickt. Hinter dem Tuch ein Raunen und Händeklatschen, plötzliche Stille und eine Ausruferstimme, die eine Sensation ankündigt. Bückte ich mich, sah ich durch den Spalt unten an der Emballage dicht gedrängt Schuhe. Gaben die Absätze unerwartet Ruhe, verharrte auch ich mäuschenstill, jetzt war eine große Nummer dran. Über die Emballage aber ragten zwei Masten hinaus. Gegen Ende der Vorstellung kletterte an jedem ein junger Mann hoch; sie hockten sich obenhin und begannen freihändig zu schaukeln; wenn die Masten bedrohlich ausschlugen, stemmten die beiden sich mit den Füßen waagrecht dagegen; sie kamen sich bei ihrem Pendeln so nahe, daß der eine dem andern am abendlichen Himmel einen Hut überreichte.

Unten Schuhe, die sich vor Erwartung nicht rührten, oben zwei Masten, die tollkühne Männer in tödliche Schwingungen versetzten, dazwischen eine Emballagewand, die dem Auge nichts preisgab und hinter die zu kommen man Eintritt bezahlte. Das war mein erster Zirkus und damit die erste Begegnung mit dem Kunststück.

Später mußte ich zur Kenntnis nehmen, daß dies kein richtiger Zirkus war, sondern eine Arena, wie sie Wandertruppen auf einem Platz wie unserem Schulhof aufbauen, um unter freiem Himmel zu spielen.

Jedenfalls war ich eines Nachmittags von stolzem Glück überzeugt, in einem veritablen Zirkus zu sitzen, als sich über das Ganze ein Zelt spannte, in der Manege Sägemehl aufwirbelte und ein Orchester Tusche von sich gab. Die Zuschauer saßen anders als im Kasperletheater, nämlich im Kreis, und die, die auftraten, arbeiteten rund.

Doch dann stieß ich eines Tages in einer ausländischen Stadt auf ein Gebäude, über dem in riesigen Lettern »Zirkus« stand. Ich traute meinen Augen nicht und war empört. Ich mochte nicht wahrhaben, daß ein Zirkus ein festes Dach und eine feste Adresse besitzt.

Ich ließ mich belehren, daß es neben dem Wanderzirkus den Winterzirkus gibt, daß ein Zirkus das ganze Jahr hindurch an der gleichen Adresse spielt und daß zu den ersten Zirkusunternehmungen, wie sie im späten 18. Jahrhundert in Frankreich und England entstanden, Bauten von stabiler Repräsentanz gehörten. In einem solchen Zirkus hatten teure Lüster gehangen. Die Bühne war versenkbar, so daß Wasserspiele geboten wurden, und ein dressiertes Tier konnte zu Tode kommen, wenn es in den Souffleurkasten stürzte.

Ich mußte fixe Ideen aufgeben wie die, daß ein Zirkus notwendigerweise von Ort zu Ort zieht. In unserer Zeit eh eine Schwärmerei: Wenn über hundert Personen-, Tier- und Materialwagen auf zwei Eisenbahnzüge zu verladen sind, wird das nicht am Lagerfeuer verhandelt, sondern im technischen Büro des Managers am Bildschirm.

So viele Vorurteile ich zu korrigieren hatte, ob freier Himmel, Zelt oder Dach, ob Platzmiete oder feste Adresse, eine Überzeugung blieb: der Zirkus als Ort, wo das Kunststück stattfindet, und noch ganz andere als jenes, das mir einst zwei junge Männer am »schwankenden Mast« vorgeführt hatten.

Nun bin ich so wenig wie jeder von uns als purer Laie in den Zirkus gegangen. Wir hatten uns als Kinder früh in Kunststücken geübt. Wir tänzelten über einen Lattenzaun oder verwendeten einen Besen nicht zum Putzen, sondern um den Stiel auf einem Finger durch eine Küche voll Geschirr zu balancieren.

Die Kunststücke hatten mit unseren ersten Gehversuchen begonnen. Nicht daß jeder, der sich abmüht, sich mit den Zehen auf dem Rücken zu kratzen, später als Kautschukmensch auftritt; es baut auch nicht jeder, der zwei Klötze aufeinanderstellt, als Erwachsener ein Haus oder studiert das Gesetz vom freien Fall, nur weil der Stuhl gekippt ist, auf dessen Lehne er geklettert war.

Kaum hält sich der Mensch auf zwei Beinen aufrecht, versucht er es auf nur einem; und er, der gerade gehen lernte, probiert es mit Hüpfen und Tanzen. Sosehr er auf den festen Boden unter seinen Füßen angewiesen ist – die große Verführung kommt aus der Luft.

Jeder von uns erfindet den Zirkus längst, bevor er in eine Zirkusvorstellung geht. Wir lernen bei den Gehversuchen nicht nur zwei brauchbare Glieder wie die Beine sinnvoll einzusetzen, sondern wir entdecken dabei unseren Körper und erfahren, daß dieser fällt und anstößt.

Daher besitzt das Zirkuspublikum kein Alter und setzt keine Schulbildung voraus. Daß wir einen Körper haben, ist natur-demokratische Erfahrung, daß dieser selber zur Rolle wird, versteht der Analphabet wie der Diplomierte, das

Kind, das eben seiner Beine mächtig wurde, genau wie der Erwachsene, der im Alter mit den Schritten weniger weit ausholt.

Da unsere physischen Bedingungen naturgegeben sind, neigen wir dazu, das, was wir als Natur vorfinden, als die wahre und einzig mögliche Natur zu betrachten. Doch dann erleben wir, daß diese Natur nicht nur Notwendigkeiten kennt, sondern auch Zufälle, daß sie Launen hegt, sogar üble.

Unversehens sind wir mit Zwergen und Riesen konfrontiert, die nicht der Märchenphantasie entspringen; sie sind das Resultat schlecht funktionierender Drüsen. Es treten in unsere Welt Bart- und Haarmenschen ein, siamesische Zwillinge, Liliputaner, Albinos, die Frau ohne Unterleib und der Mann mit der Elefantenhaut.

Solches Herausfallen aus der Natur erschreckt und fasziniert; wir halten die Hände vor die Augen und schauen durch den Spalt zwischen den Fingern.

Unsere Natur relativiert sich zusätzlich, sobald wir von fremden Naturen Kenntnis nehmen, von andern Rassen und von Tieren, die nicht von hier sind. Und wir begegnen dieser Andersartigkeit mit einem Begriff wie dem des »Exotischen«; wir sind noch so gerne bereit, und sei es nur als Abwehr, diesem Exotischen als Kuriosum einen Platz zuzugestehen. Der Zirkus ist ohne Raritätenkabinett, Menagerie oder exotische Nummern kaum zu denken. Er bietet eine arabische Nacht oder eine indische Parade, das afrikanische Runddorf oder den Marterpfahl der Prärie-Indianer.

Der Zirkus aber zielt weiter. Er will nicht nur fremde Natur bieten. Er macht aus der eigenen eine andere, und dies kraft des Kunststücks. Das Kunststück stellt Natur nicht aus, sondern es tritt gegen sie an.

Ein erstes Beispiel bietet die Dressur. Frühere Zirkusunternehmungen wurden als Pferde-Theater apostrophiert. Wahre Hippodramen wurden aufgeführt. Der Zirkus ist Schule und Hohe Schule geblieben. Hier werden Pferde im ABC von Handstock und Longe unterrichtet; sie lernen zum Appell anzutreten, reagieren auf Namen und werden dazu gebracht, die Hengste-Rivalität aufzugeben.

Die Domestizierung von Tieren begleitet die Menschheitsgeschichte. Aus Tieren wurden Nutztiere. Das Nutzbringende ist aber keine zirzensische Kategorie. Im Zirkus findet Domestizierung, Verkleidung, Spiegelbild und Anbiederung statt: Der Affe zieht Hosen an, der Pudel legt sein Junges in eine Wiege, und der Seehund applaudiert sich selber. Tiere werden zu Verhalten und Reaktionen gebracht, auf die sie selber nie gekommen wären. Das Nashorn entkorkt eine Flasche, und der Elefant balanciert mit seiner Körperfülle auf zwei Drahtseilen.

Gegen die Natur antreten, heißt in dem Falle, gegen den Instinkt arbeiten. Der Löwe liegt paradiesisch neben dem Schaf, der Tiger springt trotz seiner Angst vor dem Feuer durch einen brennenden Reifen. Nur noch auf Stimme und Gesten des Ausbilders achtend, läuft das Pferd entgegengesetzt zu seinen Artgenossen, obwohl es als Fluchttier instinktiv die Richtung der Herde einschlagen würde.

Die Dressur vermag gegen die Natur anzutreten, indem sie einen Naturtrieb wie den Hunger einsetzt. Die Nahrungssuche wird in Arbeit umgesetzt; das Tier, zum Lohnempfänger geworden, verdient sich Zucker, Fisch, Salatkopf oder Fleisch. Es entsteht eine Kunststück-Natur, in der bis zur Pervertierung mit der Natur gespielt wird, in einem Spiel, dessen Regeln dem Partner aufgezwungen werden.

Hinter der Absicht, mit der Natur zu spielen, verbirgt sich der Wunsch, sie zu überspielen: dem Feuer, das schon manchen Zirkus zerstörte, seine vernichtende Kraft zu nehmen. Eine Zeitung anzünden, die Asche in der Hand zerreiben, hinterher die Zeitung entfalten und darin lesen; so mögen wir das Spiel mit dem Feuer. Oder die Schöpfung aus dem Nichts nachvollziehen, und sei es nur, daß einer aus einem leeren Zylinder ein Kaninchen hervorholt oder sich aus der bloßen Luft Karten, Blumen und Tücher langt. Eine Frau zersägen, die danach jung und schön und ganz ist wie zuvor, oder eine andere in der Luft schweben lassen.

Was der Magier auch immer vorführt, er tut so, als hebe er die Gesetze der Natur auf. Wir wissen, daß seine Kunst dank eines Tricks gelingt. Sosehr wir darauf aus sind, ihm auf die Schliche zu kommen, wir fordern von ihm gleichzeitig soviel Fingerfertigkeit, damit wir den Zauber nicht entlarven. Denn der Täuschungskünstler verhilft uns zur Illusion einer entmachteten Natur; daher applaudieren wir seinem verblüffenden Kunststück, dem wir ein erlösendes »als ob« verdanken. Wir erleben einen Akt der Befreiung und sind bereit ihn zu akzeptieren, auch wenn uns bewußt ist, daß er eine Illusion von Freiheit vermittelt.

Daß die Natur mit sich spielen läßt, daß man sie aber nicht überspielen kann, das weiß einer genau: der Artist. Er zwingt nicht die Natur eines andern zum Spielen, sondern bringt die eigne ins Spiel.

Er baut Stuhl um Stuhl aufeinander, schon beim dritten

müßte nach unserer Erfahrung der Aufbau zusammenbrechen, aber es wird noch ein vierter und fünfter drauf gesetzt, und auf der obersten Lehne macht einer den Kopfstand.

Das Gesetz des Gleichgewichts scheint aufgehoben. Aber die Leistung beruht gerade darin, daß dieses Gesetz nach wie vor gilt, daß man ihm aber mit letztem Kalkül beikommt.

Wenn der Messerwerfer nicht genau trifft, kann er sein Opfer hinterher nicht wie die zersägte Frau zusammensetzen. Der Bodenakrobat, der sich in die Luft schleudern läßt, nennt einen seiner Sprünge wegen des Risikos Salto mortale. Die Artisten auf dem hohen Seil und Trapez stehen vor der Entscheidung, mit oder ohne Netz zu arbeiten.

Hier hilft kein Trick und kein Dreh, sondern nur die Kunstfertigkeit des Kunststücks. Die Toleranz der Natur wird bis zum extremen Punkt getrieben, wo unausweichlich die Katastrophe droht; aber ihr und ihrem tödlichen Ausgang wird im letzten Bruchteil einer Sekunde ein Schnippchen geschlagen.

Nun kann die Perfektion so vollkommen laufen, daß dem Zuschauer kaum mehr bewußt wird, welcher Aufwand und was an Selbstdisziplin hinter dieser Leistung steht und mit welchem Wagemut sie verbunden ist. Wider Erwarten macht der Artist auf dem hohen Seil einen wohlkalkulierten Ausfallschritt, einen Fehler, der uns erschaudern läßt. Im letzten Moment fängt sich der Seiltänzer auf. Erst sein Fehltritt reißt unter ihm die Tiefe auf, die erlebbar tödlich wird.

Während der Artist den Fehltritt in den Dienst der Perfektion stellt, macht der Clown aus dem Fehltritt seine Perfektion. Das kann schon dadurch geschehen, daß der Pausenclown die Zeit zwischen den Umbauten mit Parodien ausfüllt, indem er vorangegangene oder kommende Nummern verulkt.

Der Clown, ob weiß geschminkt oder als dummer August, er ist der unerläßliche Schicksalsgenosse des Artisten, erst mit dem Clown wird das Programm komplett.

Während der Jongleur demonstriert, wieviel Keulen und Ringe er gleichzeitig in den Griff kriegt, kommt der Clown mit dem Kragenknopf nicht zurecht. Während der Seiltänzer behutsam seine Schritte auf das Seil setzt, stolpert der Clown über die eigenen Beine. Während sich der Luftakrobat von der Kuppel in die Leere stürzt, tut sich dem Clown der Boden unter den Füßen als Abgrund auf, vor dem ihn auch seine allzu großen Schuhe nicht retten.

Und in beiden Fällen nehmen wir am Kunststück teil: Der Artist zwingt uns, den Atem anzuhalten, der Clown läßt unserem Atem den freiesten Lauf, den des Lachens.

Hinter der Sackleinwand von einst verbarg sich die große Sensation des Kunststücks. Die immer gleiche Nummer mit zwei Auftritten: die Erfahrung, daß wir am Nächstliegenden scheitern, und das Staunen darüber, bis zu welch Äußerstem wir zu gehen vermögen.

Der Buckel

Wenn der Zirkus in Zürich gastiert, geht er nach Regensdorf ins Zuchthaus – nicht an einem Abend oder an einem schulfreien Nachmittag. Wegen des Zuchthauses fällt nicht eine reguläre Vorstellung aus, es ist eine Wohltätigkeitsveranstaltung.

Natürlich geht nicht der ganze Zirkus nach Regensdorf. Man kann für eine solche Vorstellung nicht eigens die Raubtiere transportieren. Zudem stellt sich die Frage, ob man in einem Gefängnis Käfige aufstellen soll.

Auch die Trapezkünstler werden nicht ihre Nummern bieten, selbst wenn das Zuchthaus eine Kuppel besäße. Die technischen Voraussetzungen fehlen. Auch in einem Zuchthaus stellen sich Fragen der Haftung. Äußere Umstände unterstützen, vielleicht unfreiwillig, einen delikaten Stilwillen: Wie soll man ein Netz vor Zuschauern spannen, die bei ihrem Sturz keines hatten.

Aber auch ohne Raubtiere und Trapezkünstler, ohne Elefanten und Pferde bleiben genug Nummern. Zum Beispiel die Bodenturnerinnen. Sie brauchen nur in ihren Flitterhöschen und mit ihren tiefen Ausschnitten aufzutreten, und schon geht ein einiger Onanie-Pfiff durch die Männergesellschaft.

Die Zirkusvorstellung ist populär. Es werden auch andere Veranstaltungen im Zuchthaus durchgeführt. Aber der Zirkus bietet den Anlaß, den keiner verpassen möchte – der Akademiker, der betrog, ebensowenig wie der Totschläger mit knapper Volksschulbildung.

Als der Zauberer die zweite Taube aus dem Zylinder hervorholte, begann einer zu heulen. Eine Stimme voll verletzter Wut. Von irgendwoher drang der Schrei, und aus allen Gängen kam das Echo. Das Ohr des Wärters lokalisierte sogleich den Schrei. Inzwischen war aus dem einen Taschentuch eine geknüpfte Reihe geworden. Man hörte das Klirren von Schlüsseln und das Aufschlagen sich entfernender Schritte, die ebenso plötzlich verstummten wie das Geheul. Es stellte sich heraus, daß einer in der Zelle die Matratze angezündet hatte, weil er nicht der Vorstellung beiwohnen durfte.

Wie populär die Zirkusveranstaltungen sind, bestätigte auch der Zuchthausdirektor. Nach der Vorstellung hielt er eine Rede: »Ich freue mich, und wir alle freuen uns, wenn der Zirkus alljährlich wiederkommt.« Da wurde er von einem Alten unterbrochen: »Als ich wiederkam, da hatten Sie auch Freude.«

Der Direktor fuhr fort: »Es freut uns, wenn der Zirkus kommt. Der Zirkus und das Zuchthaus haben etwas gemeinsam. Beide leben am Rand der Gesellschaft, nur daß der Zirkus von Ort zu Ort weiterzieht.«

Ja, der Zuchthausdirektor hat seinen Auftritt. Er wird die Artisten und die Vertreter des Zirkus zu Kaffee und Kuchen einladen. Die Gefangenen backen für diesen Anlaß. Für die Dauer der Veranstaltung wird die Küche in die Künstlergarderobe umgewandelt.

Den größten Auftritt aber erlebt der Manegenclown. Er

trifft bereits mit der ersten Fuhre ein, zusammen mit den Marokkanern und Portugiesen, welche den Transport betreuen und die Arena improvisieren. Diese wird um den Kontrollturm aufgebaut, dort, wo sich die vier Zellenschluchten kreuzen.

Der Manegenclown kommt freiwillig mit. Stolpert er durch die Gänge des Zuchthauses, erhalten seine kurzen und gekrümmten Beine zusehends Sicherheit. Er befiehlt den Gefangenen, die Bänke noch etwas nach hinten zu rücken und mehr Abstand zwischen den Reihen zu lassen. Er führt Aufsicht und hüpft dabei vom Koffer des einen Artisten auf den eines anderen.

Zu seinen üblichen Auftritten gehört es, seinen verkrüppelten Körper zur Schau zu stellen: Arme, die zu lang, und einen Kopf, der zu groß ist. Die Natur hat ihm ein Kapital gegeben, einen Körper, der die andern zum Spott herausfordert. Der Manegenclown rettet sich vor diesem Spott nicht, indem er sich verkriecht, sondern indem er seinen Körper auf den Markt ins Rampenlicht der Manege bringt und so viele Sprünge macht, bis die andern nicht mehr über seinen Körper, sondern über seine Sprünge lachen.

Er lebt davon, daß er anders ist. So hat er einen Sinn für Parodie entwickelt, indem er hinter dem Nummerngirl herschreitet und wie sie die Hüften schwingt, oder indem er nach der Dressurnummer der Löwen mit einem Pinscher auftritt, der den Zucker frißt, ehe er das Männchen macht; oder indem er nach den Bodenturnern einen Purzelbaum schlägt und dabei auf seinen zu großen Hintern platscht.

Er lebt von seinem Buckel und tritt damit gewöhnlich vor solchen auf, die keinen haben. Im Zuchthaus aber ändert sich die Voraussetzung. Hier haben die, welche unter seinem Befehl Bänke herumtragen und in der Küche das Geschirr für die Schminkecke wegräumen, ebenfalls einen Buckel, auch wenn sich unter der braunen Weste und dem weißen Hemd nichts dergleichen abzeichnet. Aber hier sind die versammelt, die einen Hof anzündeten, die Minderjährige vergewaltigten, die als Zuhälter in die Falle gingen, die, welche Gift in den Kaffee taten oder ein Postbüro überfielen, solche, die regelmäßig in den Bunker zur Einzelhaft kommen, und jene, die wegen guter Führung in die Klasse aufsteigen, welche ihnen erlaubt, in der Zelle einen Goldhamster zu halten.

Vor diesen Buckeln braucht sich der Manegenclown nicht zu genieren. Er besitzt einen, der sich in Freiheit bewegt, auch wenn er dessen Sklave ist.

Es findet der große Austausch der Buckel statt: des Buckels, den einer sichtbar trägt, und jenes Buckels, den die andern haben, ohne daß man ihn sähe. So stellt sich ein Moment der Gleichheit ein. Es ist der Augenblick, in dem der Zirkus aufhört und die Literatur beginnt.

Bilanzierungen

Der junge Mann und die Unmöglichkeit der Gefühle

Eine Methodologie des Lebens interessierte ihn mehr als das Leben selbst; das Leben, ach diese feuchte Unmittelbarkeit, immer die Wucherungen und das Quallen – so lange kannten sie sich nicht, oder vielleicht schon zu lange, um sich einfach im Arm zu liegen; etwas über zwanzig Jahre, das war kein Grund und kein Anlaß, um allzu vertraulich zu sein; nur nicht überströmen.

Natürlich klopfte das Leben in dem jungen Manne; dieses stetige Pochen des Herzens, das unermüdlich und unbelehrbar an die Brust schlug, um sich bemerkbar zu machen, man solle es vernehmen – das nie begriff, daß es immer im Dunkel und im Gehäuse der Muskeln wohnen sollte und nie ans Licht kommen durfte, so weit es auch sein Blut verschickte, das dann wieder zurückkam und wieder ausgeschickt wurde, einen Ausweg zu finden. Ach, dieses Herz, eine Masse roter Zuckungen, die sich zusammenzog und bäumte. Und dann die dumpfen Schläge wie Gewehrkolben auf einen nackten Rücken; unentwegtes Solo; immerhin schon etwas Ordnung in diesem stummen Skandieren. Da das Herz mit sich selber zurechtkam, störte es den jungen Mann weiter nicht; trotz allem, die Erwartungslosigkeit hatte es zu einem Gefährten gemacht, der keinen Anspruch mehr stellte.

Nicht, daß es bei dieser Methodologie darum gegangen wäre, irgendwelche Regeln herauszufinden oder gar für sich – schon gar nicht für andere – Empfehlungen herauszuarbeiten; was sollte man auch schon, was das Leben anbelangt, empfehlen können. Nicht um Verordnungen ging es, nicht um die buchhalterische Sorge, genau zu wissen, wie man sich verhalten sollte, eine Gebrauchsanweisung für das Leben; das hätte ja alles vermuten lassen können – als ob es darum gehe, möglichst mit Wirksamkeit zu leben, die Tüchtigkeit zu steigern. Keineswegs das. Um eine solche Methodologie geben zu können, müßten wohl einige Jahre mehr vorhanden sein, als die, worüber der junge Mann verfügte; wenn er dann auch beim Überschlagen feststellen konnte, daß er günstigenfalls bereits ein Drittel gelebt hatte (was nach viel aussah), warum hätte er für die restlichen zwei Drittel nicht einige Regeln kennen sollen, Früchte der Erfahrung, die gewöhnlich überreif sind, wenn man sie genießt – als ob von vornherein feststände, daß man einen Irrtum oder einen Fehler nur einmal begehen wolle (eine verbreitete Annahme), und als ob man nicht die Fehler und die Irrtümer und die Niederlagen noch ein zweites Mal begeht und sucht, nur diesmal mit Bewußtsein, intensiver dabei – aber nicht um Secondhand-Situationen ging es, nicht um ein nachträgliches Hinsitzen und Meditieren, schon gar nicht um nachträgliche Eintragungen in ein intimes Tagebuch. Es ging vielmehr darum, ein Leben als eine ständig sich entwikkelnde Methodologie zu führen.

Da gab es Natur. Der junge Mann hatte gehört, daß es Natur gab, draußen vor dem Fenster: ein Holunderbaum, an dem Wäsche hing; oder Rasenstücke; auch Gemüsebeete waren Natur; und vor der Stadt noch viel mehr, da waren die Bäume und die Früchte daran, die er aus Konserven kannte, titanische Landschaften mit Bergsturz und Felsvorbau, Seen, die lieblich seien mit Segelhüten. Aber Landschaft, so einfach schlechthin, das gab es nicht für den jungen Mann, er baute Landschaften, korrigierte die Bilder der Natur; da war ein Horizont, der sich verlor, und der junge Mann konnte nicht einfach die Sehnsucht auspacken und sie dem Horizont entlang schicken und darin aufgehen. Mutter Natur? Der junge Mann wußte nicht, in welchem Verwandtschaftsverhältnis er zur Natur stand. Nicht daß der junge Mann die Natur nicht mochte, er fand sie lediglich mangelhaft wie alles Leben, und das war der Grund, warum der junge Mann wenn auch nicht Wärme, so doch keine Kälte für die Natur empfand; sicherlich besaß sie etwas Phantasie, wenn auch die ständige Wiederholung der Jahreszeiten dagegen zu sprechen schien. Reine Natur? Das war kein Zustand, sondern Herausforderung: eine Straße in den Felsen gehauen, Tunnels gebohrt, Täler gestaut, die Wiesen aufgerissen, über die Hügel die Telegraphenstangen gebaut. Nicht daß der junge Mann tätig gewesen wäre – aber das gehörte auch dazu, wenn auch in anderer Art, die Natur zu korrigieren und die Landschaften zu bauen. So geschah es, wenn der junge Mann vor einer Landschaft saß, daß er nie den Eindruck hatte, er sitze vor etwas Bestimmt-Fertigem, sondern er holte ein Dach heraus, pointierte die Vertikale einer Pinie, dunkelte das Grün, und vor allem gab er acht, daß die Stimmungen nicht seine Gefühle besprangen, einige Blätter im Herbst, das war noch kein Grund, traurig zu sein, und da er keine Ernten einbrachte, besaß er nie ein Füllhorn –

entblätterte Bäume, das war das Anzeichen dafür, daß das Leben in der Stadt wieder anfing belebt zu werden.

Mit Touristenusurpation hatte sich der junge Mann einmal auf dem Sitz des Hohepriesters in dem griechischen Theater niedergelassen. Vor ihm stand ein Faun, dessen Füße waren abgebrochen, lagen einige Fingerbreit daneben; die Locken zerschlagen, ebenso die Nase; Gras über dem Marmor, eine Mauer dahinter mit Moos, manchmal ein vorüberhuschendes Kriechtier; ein Eukalyptus, die Linie eines abgeholzten Hügels, ein schließlich blauer Himmel; antike Trümmer waren da, Prospektlandschaft. Und der junge Mann überlegte, was ihm nicht behagte; er hatte doch schon einmal ein Theater gesehen, damals hatte ihm gerade das Oval gefallen, das nur wenig durchbrochen war und dennoch die Schwunglinie besaß; und nun hier plötzlich nicht mehr. Vielleicht war es gar keine Frage des Gefallens, vielmehr die Weigerung, einfach davorzustehen; Herz, Mund und Augen auf, trinkt und kassiert. So deckte er zunächst einmal den Eukalyptus ab, der ihm zu satt war und zu gefräßig in der Aufmerksamkeit, aber das Bild gewann noch nicht, da stand der junge Mann auf, fügte die Beine des Fauns zu dessen Oberkörper, so daß nur noch ein feiner schwarzer Strich die Bruchstelle bezeichnete. Aber auch damit war noch nichts gewonnen, denn schließlich hatte sich der junge Mann daran gewöhnt, zerstörte Dinge zu sehen. Ja, indem der Faun plötzlich wieder ganze Gestalt besaß und sich nicht mehr ans Relief lehnen mußte, schien er unerlaubt siegesgewiß; daher stellte der junge Mann die Beine wieder weg, setzte sich, überlegte, was für Möglichkeiten es gebe, wollte zunächst einfach einmal das Bild wirken lassen, verwarf diesen Gedanken aber gleich; sein Blick fiel auf einen Benzinkanister, er hob ihn auf, sah die Ziselierung des fressenden Rostes mit seinen Tönungen; da stellte der junge Mann den Kanister vor den Faun und begab sich wieder an den Beobachtungspunkt zurück, und nun erst, wie der Faun über die rostige Blechkanne hinaussah, wie dessen Locken Widerschein erfuhren und indem der Eukalyptus abgedeckt worden war – nun besaß der junge Mann das Bild, wie er es sich einzuprägen gedachte: etwas von seiner Hand, dann ein Kanister vor einem Faun, daneben die abgebrochenen Beine, ein Stück Mauer und ein kleineres Stück Himmel – das war ein Bild, um dessentwillen es sich gelohnt hatte, hierherzukommen. Es verstand sich: wenn man Landschaften baut, wird weniger fotografiert.

Zu dieser Methodologie gehörte es – oder besser noch, machte sie weitgehend aus –, Regie des eigenen Erlebnisses zu führen. Dabei gab es keine eigentlichen Hauptpersonen; ohne Publikum, ohne Applaus, mit viel Zwischenvorhängen, gewöhnlich nur kurze Szenen: Sie (wirres Haar, Lidschatten, zupft an Papiertaschentüchern, um Schminke wegzuwischen): »Ich weiß jetzt schon, wie es steht... ich war für dich ein bloßes Experiment... Bist du nun klug geworden, nachdem du es weißt? Wirst du mich jetzt verlassen?« Natürlich hatte der junge Mann nie daran gedacht, diese Frau zu verlassen, erst ihre Bemerkung brachte ihn darauf. Es hätte gut sein können, daß man sich noch recht lange verstanden hätte, die Gewöhnung und die Bequemlichkeit hätten zur Sicherung des Verhältnisses beigetragen, aber nachdem nun einmal die Möglichkeit bestand ... und zudem wußte der junge Mann wirklich nicht, wie das ist, wenn man jemand nach längerer Zeit verläßt. Beim Verlassen des Hauses stellte er noch aus Gewohnheit den Milchtopf in den Kasten. Was aber im Grunde zählte (und das blieb dann auch), das waren einige Kleinigkeiten; eine besondere Geste; oder das Band, mit dem sie sich die Haare hochband, hatte sich gelöst und hing herunter, und die Katze spielte damit; als sie die Türe zudrücken wollte, brach ihr übergroßer Nagel am kleinen Finger – die Ereignisse ballten sich zu solchen Kleinigkeiten, nie hätte der junge Mann einen exakten Ablauf des Geschehens geben können. Er erinnerte sich nicht daran, wie sich etwas abgewickelt hatte. Aber so Einzelnes, das dann herausragte, das machte weitgehend sein Erleben aus.

Wenn etwas in die Erlebnisbahn des jungen Mannes eindrang, gerann es im Blut – Flocken und Brocken schieben sich durch seinen Körper, in den Nerven hetzt es zum Hirn und berichtet von Einbruch, Gerinnsel; aber das Hirn hat sich nur die Figuren der Gerinnung notiert und nicht den Schmerz der Umsetzung. So gibt es in dem Leben des jungen Mannes Einbrüche und Wunden und verletzte Stellen; sie bilden eine Ornamentik feingezackter Narbfiguren von seltsamer Schönheit.

Gefühle. Sicherlich, der junge Mann besaß Gefühle; aber was heißt schon besitzen. Hätte er sie besessen, wie man Gegenstände besitzt, wie Möbel etwa, er hätte sie längst ausgeschrieben und veräußert: »Gefühlsmobiliar, wenig gebraucht, günstig.« Und dann wären sie gekommen, früh schon, gleich zweimal geläutet, die Händler, hätten die Kanten auf Kerben geprüft, die Politur bedauert, an den Brandstellen gekratzt – im besten Falle Liebhabersache, aber kaum für den Wiederverkauf. Und Occasions-Poeten wären gekommen, aber sie besaßen schon Ähnliches, Neugierde im Grund und nicht Käuferlust. Und junge Mädchen, die nun anfingen, ein eignes Zimmer auszustaffieren, aber sie hätten sich etwas Helleres gewünscht. Oder dann hätte der junge Mann das Mobiliar versteigern lassen können, neben Gepfändetem und Weggenommenem; eine Trauer-Ampel zum ersten, zum zweiten – die Fassung, welche Arbeit, das darf sich sehen lassen –, zum dritten und letzten Mal, das Mitleid als Dreingabe, wattiert und im Kreuz gesteppt, für kältere Tage, ein Warmhalter. Und wäre es mit dem Ausruf unter dem Hammer nichts gewesen und hätte sich kein Abteil unterm Dach finden lassen, um all das abzustellen, zwischen Koffern und Körben, dann ganz sicher und zuverlässig: die Brockenstube. Die wären ins Haus gekommen, hätten alles mitgenommen, ohne viele Worte, hätten sich noch bedankt, verladen und wären weggefahren; dann hätten die Stücke im Brockenhaus gestanden: das gedrechselte Spinnrad der Wehmut, etwas mühsam zu treten, und noch ein Büschel Hanf, für Taschentücher. Und die Sympathie-Schaukel mit dem gesättigten Polster und den busigen Kissen; bei Zugwind, da hätte die Schaukel gewippt, einmal nach vorn und einmal nach hinten.

Aber der junge Mann war sich im klaren: Er konnte seine Gefühle nicht so einfach veräußern. Nicht daß er an ihnen hing. Wenn der junge Mann allein war, da meldeten sich die Gefühle, benahmen sich vertraulich, hockten sich überall fest, bedienten sich an den Flaschen, drehten am Radio, unterhielten sich, bemerkten nicht, daß sie den jungen Mann störten, und als er ihnen einmal erklärte, sie sollten nun endlich Ruhe geben, Herrgott-nochmal, sie müßten doch begreifen, daß er es selber schon nicht so leicht habe, und dann kämen auch noch sie und verlangten Aufmerksamkeit; aber sie kicherten bloß, und als er sich brüsk erhob, da versteckten sie sich hinter den Gardinen, krochen unters Bett, hielten sich an der Portiere, waren flink; der junge Mann erwischte schon einige, und dann schlug er einfach in den Haufen, er hätte sich eine Peitsche gewünscht, um die Gefühle wie Kreisel tanzen zu lassen, und ein paar wurden auch empfindlich getroffen und erholten sich nie mehr ganz, blieben wohl stumm, aber hielten sich gewöhnlich in seinem Gesichtsfeld auf; und als der junge Mann einmal davonging, da folgten sie ihm, in einer Lichtpfütze, an den Ablaufrohren entlang sah er sie ihm nachhuschen, wie die Vögel der großen Schiffe auf Abfälle warten, nach denen sie schnappen könnten.

Wohl wußte der junge Mann: Er konnte diese Gefühle nicht veräußern. Aber er ertrug einfach den Jargon des »ach« und »och« nicht, diese Massenproduktion von Stimmstößen. Konversation gab es ja nicht mit den Gefühlen; sie stammelten bloß, wiederholten immer das gleiche, waren alle eingeschrieben bei der »Metapher-Ausleih-AG«, einer anonymen Gesellschaft mit beschränkter Haftung; sie rochen nach Fusel, denn sie waren trunken, taumelten und stolperten, lagen sich im Arm, flossen ineinander über wie Aquarellfarben, fortwährende Promiskuität. Immer die Vokalsprache des »oh«, »ah«, »eh«; die ganze Syntax beruhte nur darauf, etwas höher oder tiefer zu stammeln, ein Hauch, es sprach. Und da hätte man sich unterhalten sollen! Nicht daß der junge Mann besonders an die sprachliche Verständigung geglaubt hätte; aber es war etwas anderes, wenn man anfing weniger zu reden, nachdem man sich lange in einer Sprache umgesehen hatte, als wenn man nicht einmal zu artikulieren verstand.

Veräußern – das war kaum möglich. Etwas beiseite schieben – das ging schon eher. Und gelegentlich etwas Gefühl weggeben, liegen lassen, als hätte man es zufällig vergessen, und sich dann rasch davonmachen, daß es einen nicht mehr einholte – das war begreiflich, wenn auch feige, und der junge Mann wußte, daß er trotz allem zu ihnen zu stehen hatte. Der junge Mann wußte, daß seine Augen die Funktion der Niere für die Gefühle besaßen; hier sammelte sich an, was wieder ausgeschieden werden mußte. Man bringt dem Kleinkind ja bei, daß es seine Bedürfnisse nicht jederzeit befriedigt und nicht immer auf der Stelle nachgibt. Früher waren dem jungen Mann bei einem Wort oder einer Geste Tränen in die Augen geschossen. Aber er hatte dann gelernt, und alles braucht seine Zeit: Man geht dazu in einen Raum, wo man allein ist, oder zumindest stellt man sich in eine dunkle Ecke. Er hatte einmal jemanden gesucht, der für ihn weinen sollte, so wie man einst für sich beten ließ in den Klöstern, und er hatte ihn weggeschickt und gehofft, daß es besser würde, wenn irgendwo auf der Welt einer an seiner Stelle weinen würde. Aber er hatte dann eingesehen, daß dies ein persönliches Geschäft ist. So ließ er die Ausscheidung sich in den eignen Augen ansammeln; das war eine ordnende Geste im Haushalt seines Lebens. Denn nur indem er diese Ausscheidung sich vollziehen ließ, konnte er der Welt trockenen Auges begegnen.

Der Warumnicht

Warumnicht ging auf die Dreißig zu. Weder zu hoch veranschlagt noch zu tief berechnet, bedeutete dies die Hälfte. Das war keine vermessene Rechnung. In den Zeitungen las er regelmäßig von den wissenschaftlichen Errungenschaften der Arztkunst, und die Statistik bürgte zumindest für das Doppelte, was vorlag. Soweit er mit dem Durchschnitt rechnete, war sein Anspruch gerechtfertigt.

Noch einmal so viel also. Es hätte ihn gelockt, zu rechnen – das Vorhandene mal zwei. Daß er nicht lachte! Aber um zu wissen, wie oft er noch lacht, hätte er jeweils hinter die vergangenen Lacher einen Strich machen müssen, den fünften quer wie im Kartenspiel, der Übersicht wegen. Doch verfügte er über keine Zahlen. Warumnicht wußte nicht, weshalb er sich jemals etwas hätte notieren sollen. Sicherlich, er hatte bis heute sechs Menschen geliebt und war mindestens von dreien wiedergeliebt worden. Verdoppelt ergab das auf das Ganze zwölf Menschen und sechs bis sieben mit Gegenliebe. Aber schon diese Zahlen standen nicht ganz sicher. Nur ein Posten war unverdächtig: Seit dreißig Jahren war Warumnicht pausenlos vorhanden.

Nun hatte er in dieser ersten Hälfte eine Anzahl von Jahren darauf verwendet, Fähigkeiten auszubilden, die man seiner Meinung nach ebensogut hätte entwickelt mitbringen können, wäre der Nestgedanke nicht so tief in der Natur verwurzelt. Ein Jahr hatte es gedauert, um sich auf der Matratze aufzusetzen und nicht gleich wieder hinzupurzeln – womit noch nichts erreicht war. Dann erst begann er, nach Monaten des Kriechens, sich auf die eignen Beine zu stellen und diese in gleicher Richtung zu bewegen. Er hatte gehen gelernt, indem er sich am Hals eines Schäferhundes hochzog und sich von diesem über den Küchenboden ziehen ließ, und es hatte immer noch einige Zeit gebraucht, bis er zum erstenmal ausging, in ein Geschirr gespannt, an dessen Zuggurten bei jedem Schritt Glöcklein rasselten. Und dieser ganze Aufwand betraf nur das Gehen.

Erinnerte er sich, wie er auf den Knien geschaukelt wurde, wie man ihn in die Höhe schwang, um »Vogel kommt geflogen« zu spielen, wie sich die Erwachsenen über ihn beugten und »gili-gili« sagten, wie man ihm einen Baum zeigte und er »Baum« nachsprach, wie man ihn der Großmutter anvertraute, die ihn beim Vieruhrkaffee andern Großmüttern vorstellte – da gewann er den Eindruck, daß seine ersten Jahre hauptsächlich ein Zeitvertreib für andere gewesen waren.

Für sich betrachtete er diese ersten Jahre als Zeit des Angewöhnens. Es war ohne Zweifel nicht ungeschickt, die Menschen als Kleinkinder auf die Welt zu schicken, in einem Zustand, der ihnen noch kein Urteil erlaubte, auch wenn sich Warumnicht übergangen fühlte. Nicht daß er unbedingt »Nein« gesagt hätte, hätte man ihn vorher gefragt, ob er in dieses Jahrhundert und in diese Stube hineingeboren werden wolle – er begriff, daß die Schöpfung kein Wartesaal war und Konsultationen erst anfingen, wenn man schon da war. Doch fair fand er es nicht, wenn auch erfolgreich. Er hatte sich tatsächlich daran gewöhnt, vorhanden zu sein, in einem solchen Grade sogar, daß es ihm oft selbstverständlich vorkam.

Öfter hatte in diesen dreißig Jahren der Ernst des Lebens begonnen. Zum erstenmal, als er in die Kleinkinderschule geschickt wurde. Sie hängten ihm eine Tasche aus Wachstuch um und legten einen Apfel hinein und ermahnten ihn, er müsse achtgeben, wenn er über die Straße gehe, und er dürfe nicht die Tasche verlieren. Warumnicht wagte sich kaum auf die Fahrbahn, die Autos streckten ihre Kotflügel aus, um ihm die Wachstasche von der Schulter zu reißen, und er preßte unter der Hülle seinen Apfel an sich, damit er nicht davonspringe, denn alle Straßen waren steil.

Und als er in die Volksschule kam, sagten sie ihm, es werde nun ernst; und sie hängten ihm einen Ranzen um. Warumnicht knüpfte die Klappe streng auf den Ranzen, weil er wußte, daß man nichts verlieren darf. Als er sich auf den Weg machte, klopfte ein Lineal auf seinen Rücken, und eine Federbüchse hüpfte auf seinen Schultern; er zog mit den Daumen die Achselriemen enger, doch wurden die Schläge und Hüpfer nur gezielter und bestimmter.

Als er von der Volksschule aufs Gymnasium kam, kauften sie ihm eine Mappe mit einem messingnen Schloß, und er erhielt zu diesem Schloß einen Schlüssel, und sie gaben ihm noch ein Etui, denn er verfügte nun auch über einen Schlüssel für die Haustür und über einen für die Wohnung. Da er groß geworden war, brachte man ihm Vertrauen entgegen, zumal ein ernsthafter Abschnitt beginne.

Und als er das Gymnasium verließ und zum Militär kam,

da wurde ihm bedeutet, daß alles bisher nur Spiel gewesen sei. Er faßte einen Tornister aus Seehundfell, legte die nach Vorschrift gefaltete und gerollte Wäsche hinein, verwechselte seinen Tornister mit andern und knüpfte deswegen ein kaum sichtbares Stück Verbandstoff an einen Haken; kaum wollte es der Befehl, schwang er diesen Tornister auf seinen Rücken, trug ihn, wohin die Lage es immer nur wollte, und legte er ihn ab, richtete er ihn nach den andern Tornistern aus.

Wie er nach dem Militär an die Universität kam, schenkten sie ihm wiederum eine Mappe, nur feiner diesmal, aus echtem Leder, mit einem Handschuhfach, kaum von Gewicht, mit zwei Fingern zu halten, geeignet zum Schlenkern beim Schlendern, und der Rektor, der ihm die Hand drückte, sagte nach einem lateinischen Zitat, daß nun der Ernst des Lebens beginne.

Und als Warumnicht nach der Universität in ein Büro eintrat, faßte ihn der Seniorchef an der Schulter, beglückwünschte ihn zum Eintritt in die Firma und überreichte ihm eine Brieftasche; da gab es Fächer für große und kleine Noten, für Briefmarken und Fahrkarten, und noch viel mehr Fächer. Er bedankte sich, doch der Chef winkte ab und sagte ihm, von nun ab werde es ernst.

Warumnicht war überzeugt, wenn er einmal im Sterben liegt, sagt einer zu ihm, nun werde es ernst. Aber dann wird sich Warumnicht keine Tasche aus Wachstuch und keinen Tornister aus Seehundfell umhängen lassen, er wird keine Mappe entgegennehmen. Mögen sie Warumnicht einen Sarg bringen – tragen werden ihn die andern.

Doch dies betraf die zweite Hälfte.

Begonnen hatte alles damit, daß er gezeugt worden war. Seine Mutter blätterte in einem Katalog und erklärte zwischen zwei Seiten, sie erwarte ein Kind, und der Vater, der ein Radio flickte, meinte, warum nicht. Sie schlug ein Kinderbett auf Rollen vor, das sie leicht auf den Balkon schieben könnte, und er drehte an einer Schraube und sagte, warum nicht. Auch an einen Kinderwagen sei zu denken, modern sei jetzt Stromlinienform, vielleicht auf Abzahlung. Warum nicht. Ob es ein Junge oder ein Mädchen werde? Die Antwort des Vaters ertrank in Musik, denn er hatte mit dem Schraubenzieher Kontakt hergestellt. Und einen Namen müßten sie für das Kind finden. Warum nicht. Da schloß die Mutter den Katalog, legte ihn zu den Strickmustervorlagen, schlug mit der Hand darauf: »Wir können es doch nicht Warumnicht nennen!« – »Warum nicht?« sagte der Vater, der auf dem Boden nach einer Niete suchte.

Die Mutter hatte recht. Der Pfarrer taufte das Kind nach einem Heiligen, einem germanischen Heerführer und einem Onkel, der selbständigerwerbend und kinderlos war. Doch in manchen Augenblicken, und nicht nur in den zärtlichen, rief sie ihn: Mein kleiner Warumnicht.

Allerweltsgeschichten

Das Erstaunen

Er hatte nicht die Absicht gehabt hinzugehen, »eigentlich nein«; er hatte sich noch mit seiner Frau darüber lustig gemacht, und für den Fall, »daß er doch…«, hatte er ihr versprochen, alles zu rapportieren, was sich »seine alten Männer« zu erzählen wußten, »von Zweitfrauen und dritten Zähnen«.

Dazu war es nicht mehr gekommen. Natürlich war ihm der Ausdruck Herzversagen vertraut. Als der Arzt die Todesursache mitteilte, war er verlegen und beschämt: Sie hatte sich unwohl gefühlt, sie hatte sich hingelegt, er hatte bei ihr am Bett gesessen; als sie kurz aufwachte, fragte sie: »Wo bin ich?« Er hatte aufgelacht, in dem Augenblick muß ihr Herz ausgesetzt haben. Er bedrängte den Arzt: Wieso man vorher nichts gemerkt habe, sie sei tags zuvor noch bei ihm in der Sprechstunde gewesen. Ob er als Mediziner konsultiert werde oder vom Staatsanwalt Kübli zur Sache befragt, der Arzt hielt den Totenschein hin: Der erübrige jedes Plädoyer auf Freispruch.

Und dann war er doch hingegangen, obgleich er sich geärgert hatte, als Lorenz anrief; der hatte schon in der Schule geredet, wie er Fußball spielte, die meisten Tore und die meisten Fouls. Lorenz erkundigte sich nach der Adresse von Fritz, dem Kleinen, der immer in der vordersten Reihe saß, der mit den Pickeln, ja, der sei Apotheker geworden, es hätte ja sein können, er wolle sich vergewissern, wie viele definitiv kommen, alle müßten kommen, ein historisches Datum, ohne Frauen, wie immer, wenn schon, hätte man die zu einem früheren Treffen einladen sollen und sie nicht erst als Großmütter vorführen. Kübli meinte, er wäre auf alle Fälle allein gekommen, seine Frau sei verstorben. Lorenz kondolierte: Unser Jahrgang ist dran, er habe im Ochsen nicht wie letztes Mal den Wappensaal reserviert, das Stübchen reiche aus.

Warum er dennoch zum Klassentreffen ging, war Kübli nicht klar; dann mache er nichts Dümmeres, hatte er seiner Tochter gesagt, die mit den beiden Enkelkindern gleich nach dem Leichenmahl zurück mußte, wegen der Schule; sie war empört, daß man auf einem Stapler den Sarg ans Grab fährt und ihn versenkt, als transportiere man eine Kiste. Noch im letzten Moment, bereits im Mantel, hatte er im Fernsehprogramm geblättert, bis er sich entschied, zum Klassentreffen zu gehen. Er ersetzte die schwarze Krawatte durch eine andere, auch eine dunkle; das schien ihm weniger aufdringlich, als Trauer zu tragen.

Als er zum Stübchen hinaufstieg und bekannte Stimmen ausmachte, bereute er seine Entscheidung, aber er hätte nicht sagen können, weshalb. Fürs erste war es so, wie er es sich vorgestellt hatte: »Ah, du keuchst auch beim Treppensteigen, mein Bauch, dein Bauch und unsere Glatzen.« Richard erkundigte sich, ob er Zucker habe, er suchte jemanden, mit dem er über seine Altersdiabetes Erfahrungen austauschen konnte: »Einwegspritze, Nachfüllampullen oder doch besser tragbare Pumpe?« Daß sich August umgebracht hatte, hatte Kübli nicht gewußt, das war der Talentierteste gewesen, vor allem in Latein, weshalb er »Konjunktiv« hieß; die Affäre lag weit zurück, »Unterschlagung«, meinten die einen, und andere: »Aus Liebeskummer.« Man könne auch in der Liebe unterschlagen, gab Peter zum besten. Als pensionierter Pastor nahm er sich der Sterbebegleitung und der allgemeinen Senioren-Seelsorge an, er verteilte seine Broschüre *Kerzen für den Lebensabend;* er schlug eine Gedenkminute vor, die gestört wurde, weil der Kellner fragte: »Mit oder ohne Eis?«

Sonst formierten sich die gleichen Gruppen wie damals auf dem Pausenplatz. Und plötzlich fand er es gar nicht so übel. Paul, sein Abschreibnachbar, hatte noch immer einen Wuschelkopf, ein wenig angegraut – »seit bald zehn Jahren weg vom Beruf, genug von Patienten und Krankenkassen«. Er erzählte von einem Segelboot in der Ägäis, und Kübli war amüsiert, als Paul ihn zu einer Kreuzfahrt von Insel zu Insel einlud, sie hatten bei der Maturfeier, »über vierzig Jahre her, da hockten wir auch nebeneinander« – sie hatten damals beschlossen, per Schiff den Atlantik zu überqueren, wenn es sein mußte, rudernd.

Er fühlte sich geniert, weil er so wenig erwartet hatte, und nun, da er da war, nicht ungern zuhörte. Immerhin hatten sie eine Pubertät lang die gleichen Schulzimmer und Sportplätze geteilt und an ersten Freundschaften und Lieben Anteil genommen. Cecil, der einst von der Diplomatie schwärmte und noch immer bunte Westen trug, hatte an einer Kaufmännischen Schule Buchhaltung unterrichtet und war in Frühpension gegangen, nachdem seine Frau ein Bauernhaus erbte, aber auch »wegen dem modernen Zeug der Informatik, soll ich vor dem Bildschirm verblöden?« Und

Erich, den alle als Spinner behandelt und als solchen gemocht hatten, hatte es in der Regionalpresse und in der Kommunalpolitik zu etwas gebracht: Er könne leider nichts zum Thema beitragen »Was mache ich nun?«, als Freischaffender habe er nie Sicherheit gekannt, und für Unsicherheit gebe es keine Pensionierung; dank Beziehungen habe er sich früh genug für einen Platz in einem Altersheim anmelden können, »wohin man die eigenen Möbel mitnehmen darf«. Da unterbrach ihn Armin: »Nur nicht pflegebedürftig werden«, seine Mutter habe in den letzten Jahren nicht mal mehr die eigenen Kinder erkannt, und was die pro Tag in einem Heim kassieren. Armin hatte seiner ersten Frau die Werbefirma überlassen und nach einer Analyse mit der zweiten eine Psychothek aufgemacht (»mit Barbetrieb für Selbsthilfegruppen«): Man dürfe nicht sagen ›alt werden‹, man müsse sagen ›älter werden‹, das hätten amerikanische Studien deutlich gemacht, und er nannte einen Buchtitel, den niemand kannte, was er typisch fand für die heutige Zeit. Alle stimmten ihm bei: »Wir sind älter geworden.« Die Rechnung für den Wein übernahm Ruedi, er war eben mit einem internationalen Öko-Preis ausgezeichnet worden, zwar müsse er im nächsten Semester einem jüngeren Dozenten Platz machen, aber sein »Institut für qualifizierte Umwelt«, das er gegründet habe, könne er dank einer Sonderbewilligung wegen seines Pilotprojektes »Lebensvielfalt im Moor« weiterführen. Ruedi streckte drei Finger in die Höhe: »Noch ganze drei Jahre.«

Kübli überlegte, was er erzählen sollte, wenn er an der Reihe war. Lesen, sicher würde er jetzt vermehrt lesen, auf das hatte er sich in der Tat gefreut, aber das würde ja wohl nicht alles sein. Und malen wie Gottfried, nein, das sicher nicht; der empfahl Malkurse, er habe schon immer gemalt, auch als er im Außendienst seiner Company unterwegs war, mehr gezeichnet als gemalt, aus Termingründen, jetzt habe er endlich Zeit für Farbe – »blau, das beruhigt« –, wenn es jemand interessiere, könne er Gratis-Probe-Gutscheine für die Neue Kunstschule vermitteln. Ob Kübli gärtnere? Ja, sie besäßen am Thunersee ein Haus, eher ein Chalet, das sie nur in den Ferien benutzt hatten, mit einem Stück Garten, wo er gewöhnlich Hecken schnitt, aber eine Schwägerin, die von der Sozialhilfe lebt, habe sich dort nach ihrem Unfall eingerichtet. Reisen, das schon eher; er mochte nicht erwähnen, was er nach dem Tod seiner Frau als erstes weggeworfen hatte: Prospekte, die sie sich von verschiedenen Reisebüros besorgt hatte; die »62 schönsten Städte Europas mit Flug und Zug« hatte er vom Nachttisch gewischt, als er versuchte, seine Frau wachzurütteln.

Silvio, im Staatsdienst in eine hohe Besoldungsklasse aufgerückt, schilderte Details von dem Korruptionsfall, in den er keineswegs verwickelt war, wie man las und hörte, weswegen ihm auch nach der frühzeitigen Entlassung eine Entschädigung zugesprochen worden sei. Darauf hatte Kübli »Na ja« gesagt. Die andern horchten auf. Kübli winkte ab: Diese Korruption sei nicht sein Ressort, dafür sei Abteilung 3 zuständig gewesen, ihm komme diese Affäre banal vor, er habe anderes erlebt. Silvio, mit dem Tablettendöschen spielend: »Soviel wie der Würger aus dem Reußtal gibt nicht jeder her, in dem Zusammenhang hab ich das letzte Mal von dir gehört.« Lorenz, der zwei Semester Ägyptologie studiert und (»Frühaussteiger«) in die Autobranche eingeheiratet hatte (»Sportcabriolet statt Sonnenbarke«), hob sein Glas: »Pack aus.« Das verbiete ihm sein Berufsethos, wehrte Kübli ab; was er an Hinterhalt und Verrat, an Ausbeutung und Betrug kennengelernt habe, an Lügen und Verleumdung, das übersteige, wozu seine eigne Phantasie je fähig gewesen wäre: »Was habe ich an Ökonomie dazugelernt dank der Wirtschaftskriminellen, und was mußte ich an feinen Herren laufenlassen, statt dessen habe ich den Kurier eines Drogenbosses und eine Kindsmörderin hinter Gitter gebracht; nach soviel Varianten von Tötungen eines Tages, als Abwechslung, der erste Ritualmord, Blut im Mixer.« Kübli nahm die Speisekarte in die Hand: »Bandenkriminalität, Menschenschmuggel, Serienmörder, Sprengstoffanschlag«, es war, als lese er das Menü vor. »Um zu so was zu kommen, muß unsereins den Fernsehapparat einschalten«, kommentierte Lorenz. Kübli parierte: »Ich habe das Programm nicht gewählt.« Brandstifter und Hochstapler geradezu in Ehren, die seien nichts verglichen damit, wie sich Menschen gegenseitig in Ehen und Familien fertigmachen, der tägliche Totschlag, der juristisch nicht faßbar ist: »Nach all dem, was ich aus Akten erfuhr, an einem Tatort mitinszenierte, was ich auf Fotos sah und was ich live im Gerichtssaal erlebte, an Solo-Auftritten und Zusammenbrüchen – nach dem Haß und der Verzweiflung, nach all den Abgründen, in die ich blickte, es gibt nichts, was mich noch überraschen könnte.« Ja, jetzt, da er davon rede, werde ihm bewußt, was er nach seiner Pensionierung erleben möchte: »Etwas, das mich in Erstaunen versetzt.«

Im Bruchteil einer Überlegung erblickte er seine Frau: Sie erwacht; sie stützt sich auf, sie fragt: »Wo bin ich?«, er lacht auf und hält ihr die Finger vors Gesicht: »Rat mal!« Wie er die Hände von ihren Augen nimmt, ist ihr Blick gebrochen. Sollte er bereits gefunden haben, was ihn noch in Erstaunen zu setzen vermochte: ein Tod, der eintritt, als ob nichts wäre.

Die erloschene Insel

Vom Ausbruch war in allen Schulbüchern die Rede, und kein offizieller Anlaß, bei dem nicht die Eruption erwähnt wurde.

Allerdings wurde der Ausbruch längst nicht mehr als Nationaltag begangen, wenn auch als arbeitsfreier Tag gefeiert. Nicht das Ereignis, das Datum war umstritten: Welcher historische Moment war der kollektiven Erinnerung würdig? Der erste Erdstoß, wie die Seismographen es gern gehabt hätten, als »Samstag der begründeten Ahnung«? Oder der Auswurf danach, wie die Geistlichkeit es vorschlug, als Mahnung für den »Sonntag der leeren Kirchen«? Aber war es andererseits nicht sinnvoller, der Lava zu gedenken, die am dritten Tag die höher gelegenen Dörfer zerstörte, ein Datum, das die Bewohner der Städte als diskriminierend empfanden, da die Bauten und Straßen ihrer Vorfahren bereits beim vorangegangenen Aschenregen zugedeckt worden waren. Eine Zeitlang hatte man die Flucht als »Tag des Überlebenswillens« gefeiert; an sie erinnerte beim Quai im Hafen, der historisch getreu nachgebaut worden war, eine Gedenktafel. Schmierer hatten »Feigheit vor dem Berg« darauf gesprayt, zudem hatte ein Junghistoriker Quellen ausfindig gemacht, wonach es beim Kampf um die Rettungsboote mehrfach zu Totschlag gekommen war.

War es nicht zukunftswilliger, auf den Nationalkalender

statt der Katastrophen den Wiederaufbau zu setzen: das erste Schiff mit den Heimkehrern, der erste Spatenstich, das erste Richtfest, die erste Versammlung, das erste gemeinsame Lied, die erste Vernissage mit *eruption-art*? Unbestritten blieb die stilisierte Plakette : »Auf den Neubeginn.« Damit war die erste Taufe wie die erste Scheidung gemeint, die ersten Wahlen und der erste Korruptionsfall, das erste Aufpfropfen und das erste Verladen eines Fasses, der erste Schulgang und der erste Gang auf den Friedhof.

Nach wie vor wurde die Erde gefeiert, wenn auch nicht alle mehr von ihr als der »heiligen« sprachen. Die Lava war zu fruchtbarem Boden zerfallen. Am Rande der Rebberge erinnerten bizarre Formen an flüssiges Gestein, das mitten im Zerstörungslauf erstarrt war. Der Boden verlieh den Reben einen erdig-schwefligen Geschmack, in ihnen war die Glut zu spüren, die nicht nur im Innern von Vulkanen als angriffslustiges Feuer lauert. Ein Lyriker hatte gedichtet, daß die Trauben heimisch gereifte Tränen sind, die, gepreßt, über das weinen, was hier an Leben erstickte und verkohlte, und die, vergoren, die Augen vor Freude überlaufen lassen, weil die Erinnerung daran Glas für Glas erträglicher wird. Die Insel erlebte dank des dunklen Vulkanweins ihren Boom, nicht zuletzt wegen der Designerflasche in Kegelform und des Minikrater-Korkens, mit dem farbigen Markenzeichen eines feuerspeienden Vulkans.

Als eines Nachmittags Möbel rutschten, Fensterscheiben in die Brüche gingen, Türen sich aus den Angeln hoben, Ziegel auf Passanten fielen und Dächer einstürzten, dauerten Verwirrung und Verängstigung kurz. Das Radio gab die Stärke des Bebens durch und neben der vorläufigen Zahl der

Unfallopfer auch die der Schock-Toten in Spitälern und Altersheimen. Soweit die Fernsehapparate intakt geblieben waren, verfolgten die Inselbewohner am Abend bei den Nachrichten auf dem Bildschirm, was sie selber erlebt und was die Kamerateams an Zerstörtem und an Notfällen aufgenommen hatten. Beruhigend die Nachricht, daß die Feuerherde lokal eingedämmt werden konnten. Am sensationellsten wirkten auf dem Bildschirm die Tankwagen: Über Straßenränder abgesackt hatten sie sich überschlagen und hektoliterweise mit Wein den Boden getränkt, auf dem er herangewachsen war.

Doch dann verzog sich der Schwefelgeruch. Verkehrswege wurden freigeräumt, Fassaden wegen Einsturzgefahr abgestützt, Arkaden aus Sicherheitsgründen für den Durchgang gesperrt. In den Schulen wurden die vernachlässigten Übungen »Kriechen unter den Tisch« und »Schutz unterm Türsturz« wieder aufgenommen. Im Discount wurden Atemschutzgeräte zum Sonderpreis angeboten. Die Opposition hatte einen Mißtrauensantrag angesagt und war noch daran, zu formulieren, wogegen sie zu protestieren gedachte. Da setzten erneut Stöße ein und ließen alle Meßgeräte zerspringen – und dies, bevor die Kommission der Festland-Geologen eintraf und der Mahngottesdienst im Fußballstadion stattfand; es kam auch nicht mehr zu Prozessen mit Versicherungen wegen Haftpflicht und Schadenersatz.

Die nächste Erschütterung begann sanft, gab aber nicht nach mit Rütteln. Ein funkensprühendes Feuerwerk, Felsbrocken in die Höhe geschleudert und zähflüssiges Gestein, das über den Kraterrand kroch. Ein rot erleuchteter Himmel mitten in einer Samstagnacht. Für Schaulustige noch ein

Moment der Attraktion. Aber unter dem zuckenden Licht knickten Pfeiler und Säulen. Häuser fielen in sich zusammen. Brücken stürzten ein, und Straßen rutschten ab. Monumente brachen auseinander. Glocken läuteten beim Sturz von den Türmen, bevor sie zerbarsten. Durch Gedenktafeln und Plaketten liefen Sprünge. Und der Lavastrom erreichte den Hafen rascher als die Flüchtenden, und als lichterlohe Fackeln beleuchteten die Schiffe Kai und Molen.

Das erste Gebäude, das vom Aschenregen zugedeckt wurde, war eine Vergnügungshalle, am Fuß des Kraters errichtet. Berühmt wegen der Aussicht und beliebt für Familien- und Firmenfeste. Die erste Adresse, wo sich die Jugend an den Wochenenden traf, um nächtelang ihrem Rhythmus zu frönen. Hier war der Inseltanz erfunden worden: in fluoreszierender Beleuchtung der Tanzende gewöhnlich für sich allein auf der Fläche oder in Paaren, die sich trennten, sich wiederfanden oder auch nicht, sich aneinander reibend, an einem Schatten fummelnd und einem Spotlicht winkend, wirbelnd und hüpfend, bis zur Erschöpfung, alle viere von sich gestreckt auf dem Boden und aus der Hocke hochspringend, Kreise und Schleifen ziehend, nach vorn gebückt und nach hinten gekrümmt, irgendwohin aufbrechend und im Kreis gehend, Grimassen schneidend und die Gesichter einem seligen Traum hingegeben.

Als sich der Ausbruch mit Rumoren und Grollen ankündigte, nahmen die Tanzenden dies vorerst als letzten Hit der Musik und versuchten sich der Turbulenz des neuen Sounds anzupassen. Doch der Dampf, der eindrang, stieg nicht aus der Nebelmaschine hoch, und die Blitze, die zuckten, waren keine geplante Light-Show.

Als die Stöße heftiger wurden und nicht nachließen, sprangen einige hoch, als könnten sie sich von der unsicheren Erde abstoßen und in der Luft den Halt finden, den ihnen der Boden verweigerte. Einige wirbelten um sich, andere warfen die Arme hoch, und einer verschränkte sie, als warte er ab, was noch kommen würde; sie versuchten sich gegenseitig aufzufangen, doch einige zogen es vor, ungestört im Leeren zu drehen, oder schraubten sich nach oben, bis sie das eigne Gewicht herunterholte; nicht allen gelang es, beim Rückfall auf den schwankenden Boden sich aufzurappeln, sie purzelten durcheinander, stützten sich hoch und zappelten mit den Beinen im Kreis. Sie verrenkten ihre Glieder, schoben den Unterleib nach vorn und ahmten den wankenden Boden nach, indem sie mit Achseln und Hüften wackelten. Immer unfreiwilliger wurde ihr Stolpern, Straucheln und Stürzen.

Als Archäologen Schicht um Schicht abtrugen und im hartgewordenen Aschenboden mit Gips die Höhlungen ausgossen, welche menschliche Körper hinterlassen hatten, stießen sie auf einen großen Raum, angefüllt mit jugendlichen Leichen beiderlei Geschlechts. Man vermutete zuerst ein Massengrab, in das sorglos Tote geworfen worden waren. Oder sollte es, nicht minder denkbar, ein Schutzraum sein, in dem Bedrohte Zuflucht suchten – aber wieso nur junge Inselbewohner? Auffallend die konvulsivischen Stellungen der Leichen. Man wurde weiter fündig: Trommeln, Schlagzeuge und Gegenstände, die auf nicht mehr bekannte Musikinstrumente schließen ließen. Es mußte sich mit einiger Wahrscheinlichkeit um ein Tanzlokal handeln, wo eine erhebliche Zahl Jugendlicher vom Ausbruch überrascht worden war. Die Sachkundigen stritten über die Bedeutung der verkrümmten und verkrampften Leichen: An ihren verzerrten Gesichtern lasse sich die Qual des Sterbens ablesen. Verworfen wurde die These: Die Jugend der erloschenen Insel habe mit Zuckungen und Verrenkungen die Schmerzfiguren der kollektiven Agonie vorweggetanzt.

Die gute Tat

Zur Überraschung aller war sie hinausgefahren. Beim ersten Mal traute sie sich nicht auszusteigen. Kein Pier und kein Steg. Die Landestelle markierten zwei Pfähle, darüber Konservendosen gestülpt. Ein kleineres Boot wäre dienlicher gewesen, um näher ans Land zu manövrieren. Sie fuhren ein Stück weit das Ufer entlang, das bald in Klippen überging. Bisweilen ließ die Konsulin den Motor abstellen, eine Stille, die ihr wie Totenstille vorkam, einzelne verlorene Vogelschreie.

Beim zweiten Mal drängte sie darauf, an Land zu gehen. Um so überraschter waren die beiden Fischer, die sie nach dem Morgenfang hinausbegleitet hatten; sie wünschte gleich zurückzukehren. Sie war hinter der Landestelle auf eine Badewanne gestoßen, an den Fuß einer Böschung ins Leere gestellt, daneben rostige Schüsseln, seit langem nicht mehr als Trog und Tränke benutzt. Um Wanne und Schüsseln häuften sich Knochen von Tieren, die sich hier gedrängt haben mochten. Als die Konsulin ein Gerippe sah, war ihr klar, daß dies nicht vom Futterfleisch stammte.

Für das dritte Mal rüstete sie sich aus – Stiefel, ein Strohhut mit Sonnenschutzschleier und ein Proviantkorb. Kaum hatte man ihr an Land geholfen, kletterte sie die Böschung hinauf, rutschte, klammerte sich an Grasbüschel und zog sich hoch. Oben holte sie aus ihrer Reisetasche einen Feldstecher. Der Blick ging in ein Tälchen, das sich sanft bis zum andern Ende der Insel hinzog, unterbrochen von Felsbukkeln. Steiniger Grund. Und übers ganze Gelände verstreut Knochen, gebleicht hoben sie sich ab vom ariden Gelb des Bodens. Einiges Gebein gehäufelt, als hätte jemand für Ordnung gesorgt. Was sie zunächst zwischen Gestrüpp als Moos ausmachte, war ein Fell, gegerbt von der Sonne. Einer der Bootsleute, die der Konsulin gefolgt waren, hielt sich die Nase zu. Der Verwesungsgeruch kam nicht von Tang und Schlick. Als sie den Feldstecher senkte, entdeckte sie zu ihren Füßen einen Schädel, intakte Zähne bissen in eine Flechte, die aus einem Maul wuchs. Der Wind warf ihr körnigen Staub ins Gesicht. Sie brach in einen Husten aus; der Anfall trieb ihr Tränen in die Augen.

Nach ihrer Rückkehr in die Stadt begab sich die Konsulin, noch in Stiefeln und mit dem Proviantkorb, zur Firma, der sie den Dauerauftrag erteilt hatte. Der Chef bequemte sich, mit ihr an der Verladerampe zu reden, zwischendurch Transporte abfertigend. Die Konsulin drängte auf eine Erklärung: ob die Firma wie vereinbart regelmäßig, wenn auch nicht täglich Wasser auf die Insel schaffe und die Tiere mit Futter versehe. Der Chef ließ vom Buchhalter Rechnungen holen, neueren Datums und vom Schlachthof ausgestellt. Doch solche Belege bewiesen lediglich, daß Futterfleisch geliefert worden war, aber noch nicht, daß dies auch auf die Insel gebracht wurde. Der Chef verwahrte sich gegen jegliche Verdächtigung. Doch die Konsulin insistierte: Sie habe kein einziges lebendes Tier auf der Insel angetroffen, und sie führte als Zeugen die Fischer an, die sie begleitet hatten. Warum sollten die Tiere sich nicht verkriechen, es gebe

Höhlen auf der Insel, soviel er wisse, andererseits dürfe man nicht überrascht sein, daß Hunde übereinander herfielen, wenn sie sich überlassen waren; es hätten sich unter den Kötern unheimliche und böswillige Exemplare befunden, deswegen habe man ja auch die Tiere aus der Stadt wegschaffen müssen, und der Chef präzisierte: Er führe den Auftrag nicht selber aus, doch vor kurzem, als er wieder einmal den Kursdampfer benutzte, habe er von der Insel her deutlich ein Bellen vernommen.

Darauf suchte die Konsulin die zuständige Amtsstelle auf. Der Beamte, mit dem sie verhandelt und dem sie eine Provision zugesprochen hatte, war in Pension gegangen. Der Nachfolger, ein junger Mann, fühlte sich geehrt, einer Persönlichkeit wie der Frau Konsulin, deren Bild er aus den Gesellschaftsspalten der Zeitungen kannte, persönlich zu begegnen: Er erinnere sich gut an die Hundeaffäre, die herrenlose Tiere, die Tag und Nacht durch Gassen und Straßen streunten, die Plätze und Märkte unsicher machten, einzeln und in Rudeln hätten sie Menschen angefallen, nicht nur Kinder und Bettler, räudige Tiere, eine Seuchengefahr, ständig verjagt und immer wieder da, mit dem tollwütigen Biß, er habe erlebt, wie ein Onkel von ihm, eines der Hundeopfer, aus dem Mund schäumte.

Das alles sei kein Grund gewesen, die wehrlosen Tiere niederzuknüppeln und totzuschießen, sie möge sich nicht daran erinnern, wieviel und was für Schwierigkeiten man ihr bei ihrer Rettungsaktion in den Weg gelegt habe. Voll Anerkennung redete der Beamte von der einzigartigen Methode, mit der die Tiere weggeschafft wurden, da habe man die Hunde nachts von beiden Seiten gegen die Mitte der

Moirabrücke getrieben, und als sie sich darauf drängten, habe man die Drehpfeiler in Bewegung gesetzt, aber nicht, um Schiffe durchzulassen, sicher, einige Tiere seien über die Absperrung zurückgeklettert, aber den meisten sei als Ausweg nur übriggeblieben, in die Tiefe zu springen, auf die darunterliegenden Kähne. Nein, die Konsulin unterbrach ihn, sie habe es nicht ertragen, wie einige ins Wasser fielen und nicht mehr hochkamen und wie die, welche ans Ufer schwammen, mit Stecken und Steinen zurückgetrieben wurden, ersäuft statt gerettet, ein junger Hund habe beim Aufprall die Beine gebrochen; als er sich davonschleppte, seien mit aller Wucht die auf ihn geplumpst, die nach ihm in die Tiefe sprangen. Sie sei nach Hause geflüchtet, aber ihr Haus liege an der Bucht, an ihrer Terrasse vorbei seien die Tiere auf die Insel transportiert worden, eine Prozession von Kähnen. Als sich das Heulen und Winseln verlor, habe Schweißgeruch in der Luft gelegen, eine Ausdünstung von Angst als Schleier vor dem Vollmond, gegen den die Hunde angebellt hatten.

Hunderte von Tieren habe sie gerettet, denn vorgesehen war ja, die Tiere ihrem Schicksal zu überlassen, und der Beamte fügte hinzu: Es stehe der Stadt gut an, ihr die Insel zur Verfügung gestellt zu haben, kostenlos und auf die Dauer von neunundneunzig Jahren, sicher, es sei eine der unzähligen Inseln in der Bucht, aber endlich eine, die eine Bestimmung fand, vegetationslos und ohne Wasser, wo die Tiere überleben konnten dank des selbstlosen und finanziell beachtlichen Einsatzes der Frau Konsulin. Gerade darum gehe es: Die Tiere seien auf der Insel elendiglich zugrunde gegangen. Als sie den Namen der Firma nannte, horchte der Beamte auf: Er schätze den Eigentümer als einen Mann von Seriosität, zu seinem Bedauern zähle die Angelegenheit nicht zu seinem Kompetenzbereich, er gebe die Sache gerne weiter, ginge es nach ihm, würde die Insel, die der Volksmund »Hundebuckel« nennt, die »Insel der guten Tat« heißen.

Als die Konsulin beim Anwalt vorsprach, war der verlegen. Der Verkauf ihrer Liegenschaft ziehe sich hin, nicht zu reden von der Liquidation der Lagerhäuser beim Hafen, manches sei noch unerledigt, trotz der Nachhilfe mit Schmiergeldern bei der Beschaffung der Papiere, worüber er genau Buch führe. Doch die Konsulin suchte den Anwalt nicht wegen ihres Wegzugs auf. Obgleich sie sich freue, nach dem Tod ihres Mannes in ihre Heimatstadt zurückzukehren und dies, nachdem sie hier ein halbes Leben verbracht habe; der Anlaß sei ein anderer: Sie wolle einen Dauerauftrag kündigen, da die beauftragte Firma ihrer Verpflichtung nicht nachgekommen sei, erwiesenermaßen, wie sie sich selber überzeugt habe. Doch der Anwalt, über die Unterlagen gebeugt, gab zu bedenken: Es sei ein Legat, auf lange Zeit laufend; dies rückgängig zu machen, sei nur in einem Prozeß möglich, der komme teurer zu stehen, als dies der Streitwert verantworten lasse. Als die Konsulin einwandte, es gehe ihr nicht ums Geld, erkundigte sich der Anwalt, weshalb sie nach mehr als sieben Jahren hinausgefahren sei. Die Konsulin gestand: Sie suchte eine Bestätigung dafür, etwas Gutes getan zu haben. Und der Anwalt versicherte ihr: Man werde auch nach ihrem Wegzug stets ihrer Tat gedenken.

Diejenigen, welche an die gute Tat glaubten, vernahmen je nach Wind in der Bucht ein Bellen, und nicht wenige machten zuweilen mit bloßem Auge auf der Insel zwischen Gestrüpp und am Ufer Hundegestalten aus. Nur die Frau Konsulin, die sich vergewissern wollte, eine gute Tat begangen zu haben, traf auf der Insel nichts als Knochen an.

Die Entlichtung

Der Elefant war bis zu diesem Zeitpunkt in keiner Weise aufgefallen. Er stammte aus dem Norden, wo der rote Schlafmohn blüht. Seine Eltern waren Grenzgänger in dem Gebiet, das wegen des Opiumanbaus als Goldenes Dreieck berühmt wurde.

Ein Karen hatte sich des Babys angenommen und es in einem Dorf seines Bergstammes großgezogen. Ohne Allwetterstraße war die Siedlung schwer zugänglich, obwohl bereits die ersten Trecker ihre Zelte aufschlugen. Die Karen-Frauen wußten noch nicht, daß sie fürs Posieren eine Gebühr verlangen konnten und daß das, was sie zur Arbeit anzogen, Tracht hieß.

Das Elefantenjunge lernte, einen Vorderfuß so zu knikken, daß sich eine Stufe bildete, über die der Lehrmeister nach oben kletterte; den gleichen Hilfsdienst bot das Tier mit dem linken Hinterfuß. Dem Jungtier wurde zudem beigebracht, seinen Kopf so zu neigen, daß der Mahout, stets einen Stachel in der Hand, über Rüssel und Stirn auf den Rücken steigen konnte, wohin ihm der Elefant den Tragesitz nachreichte.

Der Elefant arbeitete im Dschungel südlich des Mekong bei einer Holzfirma. Er schleppte Baumstamm um Baumstamm an eine Uferstelle, von wo sie, zu Floßen zusammengebunden, flußabwärts trieben. Doch wurden der Elefant und die anderen Arbeitstiere bald durch Bulldozer, Krane, Traktoren und Stapler ersetzt. Zudem hatte das Unternehmen wegen illegalen Holzschlagens und Raubbaus von Teakhölzern den Betrieb einzustellen, vorübergehend mindestens, bis sich der Skandal gelegt hatte.

Was der Elefant gelernt hatte, war nicht umsonst. Nach wie vor schleppte er an einer Kette einen Baumstamm hinter sich her, doch es war stets der gleiche; er brachte ihn nicht an eine Verladestelle, sondern zu einem Showplatz. Dort führten er und zwei andere vor, wie sie gemeinsam mit der Kraft ihrer Stirnen und Rüssel Stämme stapelten, bis zu vier Lagen.

Insofern unterschied sich sein Leben und Arbeiten kaum von dem der anderen Elefanten. Er war in einem Camp tätig, das nahe der Stadt Chiang Mai lag, so daß es von Touristen in einem Halbtagsausflug aufgesucht werden konnte. Der Elefant war nicht direkt hierher gebracht worden. Auf seinem Weg südwärts hatte er eine Zeitlang an der burmesischen Grenze Waffen geschmuggelt, und er war auch für den Transport von Wasserpflanzen eingesetzt worden, was jeder Karren, von Büffeln gezogen, besser besorgte.

Das Camp lag in einem Tal, wo gleich neben der Autostraße der Regenwald begann, mit ausgeschilderten Spazierwegen zu Wasserfällen in den Hügeln, und im gerodeten Terrain Seen mit Picknickplätzen und Bungalows. In einer Großbaracke melkten junge Thais Giftschlangen. Zusätzlich empfahlen die Reisebüros für ihren Trip nach Sae Man den Besuch einer Schmetterlings- und Orchideenfarm. Daher trug der Japaner, der die Affäre auslöste, an seiner Schirmmütze eine Orchideenblüte.

An jenem Tag stand auf dem Programm neben Schleppen und Stapeln wie immer Baden. Als Eröffnungsattraktion trieben die Mahouts ihre Elefanten in den Fluß. Sie ernteten den üblichen Erfolg, als die Elefanten ihre Rüssel mit Wasser füllten und, diese als Dusche benutzend, sich abspritzten. Ein junger Elefant stahl den älteren die Schau, als er den frisch gewaschenen Rücken mit Erde bestäubte, um Fliegen zu verjagen.

An dem Tag, an dem besagter Elefant berühmt werden sollte, war er nicht als Reittier eingeplant. Er stand mit üblicher Erwartungslosigkeit am Pflock. Er bewegte seine Füße hin und her und rasselte mit der Kette. An den Pflock war das Täfelchen mit Namen und Geburtstag genagelt, in Thaizeichen und in lateinischen Lettern. Sein Gewicht war in Zentnern angegeben. Man las auch auf englisch und japanisch die Warnung: »Sich nicht von hinten nähern. Elefanten sind scheue Tiere und daher schreckhaft.«

Die Besucher deckten sich an diesem Dienstag wie gewohnt an den Ständen entlang des Steges ein, der über den Fluß ins Camp führte: Bananenbüschel und Zuckerrohr, dieses geschnitten und gebündelt. Wenn die Besucher dem Elefanten die Jumbo-Portionen hinhielten, taten sie dies nicht, ohne daß ein Objektiv auf sie gerichtet war; sie sahen beim Füttern kaum zum Elefanten, sie lächelten in die Kamera, die sie beim Fütterungsakt ablichtete.

Und die Besucher drängten sich einmal mehr, achtgebend, daß kein Fremder ihnen ins Bild geriet oder daß sie selber jemanden abdeckten. Ein deutscher Tourist hielt fürs Souvenirbild nicht wie üblich Bananenbüschel hin, sondern eine Einzelfrucht. Als das Tier mit dem Finger seiner Rüsselspitze in der Luft um Geberhand und Banane herumtastete, ermunterte der Deutsche den Elefanten zuzupacken, und er erklärte ihm, wie man Exoten frißt.

Nach ihm posierte ein Japaner. Auch er streckte eine Einzelfrucht hin, den Deutschen kopierend, aber ihn zugleich übertrumpfend. Die Banane war zur Hälfte geschält, so daß die Schalenstreifen über die Finger lappten. Wie der Elefant zugriff, gab der Japaner in Sekundenschnelle an seine Gruppe das Stichwort durch, in einem Schwall von Klicks streckte er sich selber die Banane in den Mund und ließ sich mit vollen Backen fotografieren.

Der Schnappschuß-Gag erzielte bei allen, die zugeschaut hatten, Gelächter. Dieses lockte weitere Touristen an. Bevor die im Detail erfuhren, was sich abgespielt hatte, erstarben Lachen und Gewitzel. Der Elefant zerrte an der Achsel des Japaners, was diesen belustigte. Doch dann riß das Tier ihm die Kamera von der Schulter, wirbelte sie am Riemen durch die Luft. Jedermann wartete darauf, wohin es den Fotoapparat werfe, und einige duckten sich. Doch der Elefant steckte die Kamera in den Mund.

Die Frau des Japaners löste sich aus der Gruppe. Mit offenem Schirm, einem Prachtexemplar heimischer Lack- und Malkunst, ging sie auf den Elefanten los und stach ihm in die Dickhaut. Das Tier blinzelte und schüttelte die Ohren. Sich wiegend ließ der Elefant den Rüssel baumeln, streckte ihn unvermittelt in die Höhe, trompetete, richtete ihn auf die schimpfende Japanerin, die in einem Japanisch-Thai-Taschenwörterbuch blätterte. Plötzlich packte der Elefant ihre Kleinkamera und stopfte auch diese ins Maul. Die Frau jammerte nur noch: »Vollautomat. Vollautomat.«

Die Zuschauer begaben sich in gehörige Distanz. Manche bezogen Position, um im entscheidenden Moment schußbereit zu sein. Der Deutsche riet, den Elefanten so lange an der Kehle zu kitzeln, bis dieser sich übergebe und die Apparate herausrücke. Doch der Elefant behielt, was er geschluckt hatte. Mit ausgestrecktem Rüssel suchte er über die Köpfe der Besucher hinweg.

Die japanische Reiseführerin rief nach dem Tierwärter. Der Mahout hatte sich von alleine eingestellt, er wütete mit dem Stachel gegen den Japaner. Der stand da, erstarrt, er kaute noch immer, obgleich er längst nichts mehr im Mund hatte. Seine Schirmmütze war ihm ins Gesicht gerutscht, und vor seinen Füßen lag eine Orchideenblüte.

Von der Frau des Japaners bedrängt, marschierte die Reiseleiterin an der Spitze einer Kolonne; der rote Sonnenkreis auf weißem Grund flatterte von unzähligen Tragriemen. Im Büro der Verwaltung wurden Name und Adresse des Japaners notiert. Dieser zog eine Quittung hervor, ein Beweis für den Neuerwerb des verschluckten Fotoapparates: Eine Spiegelreflexkamera mit Ultraschall-Motor-Objektiv, reduziertem Geräuschpegel und Autofokus im Makro-Bereich. Der Japaner erkundigte sich nach einer Entschädigung. Doch der Subdirektor wollte seinerseits wissen, ob der Japaner eine Haftpflichtversicherung habe für den Fall, daß dem Elefanten etwas passiere. Nicht nur für den Polizeibericht hielten sie eine Reihe von Zeugenaussagen fest. Es war fraglich, ob eine Versicherung sich auf einen Elefanten einläßt, der Fotoapparate schluckt.

Indessen lockten draußen Besucher den Elefanten mit ihren Kameras, wichen im letzten Moment zurück, einige glitten aus. Der Elefant stopfte sich zwischendurch Bananenbüschel und Zuckerrohr in den Mund. Eindeutig verschmähte er jede Art von Futteral. Der Mahout boxte sich zum Tier durch. Die Straßenpatrouille, die zu Hilfe gerufen worden war, bahnte Wärter und Tier den Weg. Der Elefant war sichtlich nervös, aber er beruhigte sich, nachdem er zur Tränke geführt worden war. Er soff alle Kübel leer mit dem Abführmittel, das der Veterinär der Chiang-Mai-Universität hineingemischt hatte. Dieser war aus einer Vorlesung mit Blaulicht ins Camp gelotst worden.

Aus Bangkok kamen die ersten Anfragen, ob man den kamera-schluckenden Elefanten ins Sight-Seeing-Programm einbauen könne, um welche Uhrzeit die Fütterung stattfinde, ob der übliche Gruppenrabatt gelte und wie es mit der Exklusivität stehe.

Unausweichlicher war der Druck der Medien. Das nationale Fernsehen drängte auf authentische Aufnahmen, um jeden Verdacht des bloßen Reklamegags zu entkräften. Ein amerikanischer Reporter, der nachts ins Camp eingedrungen war und sich von hinten an den Elefanten herangeschlichen hatte, diktierte seinen Augenzeugenbericht aus dem protestantischen Missionsspital.

Für die Pressekonferenz wartete man die Untersuchungen des Elefantenkots ab. Exkrementenproben waren an verschiedene nationale Universitäten verschickt worden. Auch an japanische und amerikanische Agrarinstitute im Nordosten Thailands. Der Kot war kaum verfärbt, auch wenn er einen Grün- oder Rotstich aufwies. Ungewohnter war schon die Konsistenz wegen der Drücker, Hebel, Brükken, Schrauben und anderer Bestandteile. Unversehrt hatten auch die Linsen den Weg durch Darm und Magen zurückgelegt.

Für die Pressekonferenz wurden auf dem Diebesmarkt von Chiang Mai ältere Modelle erstanden, auch reparaturbedürftige Fotoapparate. Die Konferenz bot Anlaß für einen Protest von Tierschützern und Ökogruppen; sie brandmarkten die Veranstaltung als zivilisatorische Pervertierung. Die Administration des Camps verteidigte sich: Es würden dem Elefanten gleichzeitig Zuckerrohr und Bananen offeriert, es stehe niemandem an, einem königlichen Tier wie dem Elefanten vorzuschreiben, was er sich einzuverleiben gedenke.

Diesmal drängten sich auf den Bänken nicht Touristen, sondern Vertreter der Medien, unter ihnen zahlreiche Stipendiaten der königlichen Forstschulen. Radioleute gingen Wetten ein, ob der Elefant auch die Mikrophone schlucke, mit denen man seine Freß- und Verdauungsgeräusche aufzunehmen gedenke, und einer hatte seine Instrumente mit einem appetit-abstoßenden Spray besprüht.

Der Elefant ging in die Knie, wie er es vor jeder Show tat. Dann prüfte er lange, was auf den Tischen vor ihm ausgebreitet war. Als er zupackte, langte er nach einem Bananenbüschel, danach genehmigte er sich Zuckerrohr. Er schien das zu machen, was man später als Schnuppern bezeichnete. Doch plötzlich holte er mit einem seiner Säulenbeine aus und zerstampfte die Tische mit ihrem Angebot an Kameras.

Ohne Zweifel bot er einen fotogenen Auftritt. Doch dieser entsprach nicht den Erwartungen. Die Verlegenheit war um so peinlicher, als die Verwaltung keine weiteren Fotoapparate anzubieten hatte. Da offerierte ein Free-Lance-

Wildlife-Fotograf dem Tierwärter einen der Zweitapparate aus seinem Equipment. Er folgte dem Mahout, um aus unmittelbarer Nähe das Einstecken der Kamera in den Schlund zu fotografieren. Der Elefant packte zu, aber er fraß nicht die Kamera, die ihm offeriert wurde, sondern jene, mit der er hätte fotografiert werden sollen.

Dies wurde in der Presse dahingehend ausgelegt, daß der Elefant die Kameras nicht aus Hunger esse, sondern um seine Privatsphäre zu schützen. In einem militanten Wochenblatt verstand man dieses Verhalten symbolisch als nationalen Protest gegen den japanischen Wirtschaftsimperialismus. *Bangkok Post* begrüßte im Elefanten eine biologische Avantgarde, den Mutationssprung vom Urwald in die High-Tech, eine Antwort der Natur auf die Zivilisation: der Elefant als erstes Exemplar eines Entsorgungstieres. Viele bezeugten, sie hätten unter den Augenwülsten ein Fokussieren gesehen, wie man dies bei Elefanten sonst nicht antreffe, und im Grau der Dickhaut würden Irrlichter aufleuchten, was von den Blitzen herrühre, die der Elefant mitverschlucke.

Die Sensation stellte sich ein, als ein amerikanisches Forschungsinstitut, das sich mit Bewässerungsproblemen, Viehzucht und Düngung befaßte, den Elefantenkot einer zweiten Analyse unterzog. Der Elefant wurde geröntgt. In Darm und Magen wurde eine Kleinvideokamera auf Umlauf geschickt. Die Innenaufnahmen boten fürs erste diffuse Wolkengebilde. Mit den Vergrößerungen formten sich die Verschwommenheiten zu deutlicheren Umrissen und am Ende zu Bildern, die nicht alle gleich scharf waren: Menschen vor Tempeln; neben tanzenden Dämonen Reisfelder mit Wasserbüffeln, auf denen Kinder ritten; Szenen vom schwimmenden Markt, Ruinen und Hochhäuser, geweihte Tücher an Bäumen und Mönche beim Morgenbettel, die Große Schaukel und Girly-Bars, Boxer und Geisterhäuschen, Schmetterlinge und Krokodile, Autobusse mit Leuten, die ein- oder aussteigen, Aufnahmen von Flughäfen, Kinder, die zwischen Autokolonnen Jasminkränze verkaufen, und leitmotivisch die Nahaufnahme von einem Elefantenrüssel, der zupackt.

Man entnahm dem Magensaft Proben, ob sich darin ein Element feststellen lasse, das als Entwicklerflüssigkeit wirke. Aber auch Zelluntersuchungen von Magen und Darm brachten keine Erkenntnis. Man stand vor dem Rätsel und der Tatsache, daß der Elefant Filme auf ihrem Gang vom Rüssel zum After entwickelt und sie auf den Innenwänden von Magen und Darm fixiert hatte, so daß sich diese wie Kontaktabzüge ausnahmen. Es schien, als hätte die Entwicklertätigkeit einen Vervollkommnungsprozeß durchgemacht: Während die ersten Bilder durch- und ineinander an die Innenwände kopiert wurden, fügten sich die späteren säuberlich getrennt eines ans andere.

Das Camp schloß mit einem japanischen Museum einen Vertrag. Dieses hatte die Absicht, nach Ableben des Elefanten dessen Eingeweide ausstellungskonform zu präparieren. In einem Sondersaal, unter besten Bedingungen von Temperatur und Luftfeuchtigkeit, sollten Magenwände und Därme an einer Säule hochgezogen werden, um die ihrerseits eine Spiraltreppe geplant war, was den Besuchern ein müheloses Abschreiten der Bildfolgen erlaubte. Neben einer Pauschalzahlung garantierte das Museum »die tägliche Nahrungszufuhr einer Kamera« unter ärztlicher Kontrolle, um nicht wegen denkbarer Überfütterung das Eingeweide-Album des Elefanten zu gefährden.

Der Elefant lockte nicht nur Touristen an, Wissenschaftler und Reporter. Und manche, vor allem Thai-Besucher, behaupteten, wenn man genau hinschaue, stelle man fest, daß das Grau des Elefanten sehr hell sei und daß es sich um die Abart eines weißen Elefanten handle, eine Seltenheit, auf die der König traditionsgemäß Anspruch erheben dürfte. Die Verwaltung hatte Mühe, den Elefanten vor seinen Verehrern zu schützen. Das Gerücht kam auf, man wolle das Tier entführen und in einem Tempelbezirk unterbringen. Der Elefant wurde nicht mehr zum Reiten in der Urwaldumgebung eingesetzt und auch vom Holzstapeln dispensiert.

Der Ruf hatte sich auch in den Klöstern des Landes verbreitet. Unter denen, die in safrangelben Roben zum Elefanten wallfahrten, waren die Westler in der Überzahl. Der Elefant wurde zu einem »Tier der Botschaft«: ein Wesen, welches die Bilder der andern verinnerlicht. Allerdings stellte sich beim Routine-Röntgen heraus, daß die Bilder auf den Innenseiten der Därme und des Magens zusehends verblaßten und allmählich verschwanden, neuen und späteren Bildern Platz machend, die ihrerseits verblichen.

Die Administration des Camps versuchte diese alarmierende Erkenntnis umsonst zu verheimlichen. Einige redeten von einer technisch-biologischen Insuffizienz des Fixierens. Andere deuteten das Verschwinden der Bilder damit, daß der Elefant die Fotos nur entwickelte, um von ihnen Abschied zu nehmen. Wie immer die Interpretation ausfiel, sie tat der Fama des Elefanten keinen Abbruch. Erst jetzt schien man den Verdauungsakt in seiner tiefsten schöpferischen Bedeutung zu verstehen: Er löscht, was der Mensch festzuhalten gedenkt. Der Elefant verhalf dem Augenblick, der kraft des Fotografierens fixiert werden sollte, zu seiner Sterblichkeit. In der Meditationspraxis kam der Begriff der »Entlichtung« auf. Der Elefant führte, was belichtet wurde, ins unbelichtete Nichts zurück.

Todes-Termin

Auf 12.00 ist der Besuch der Familienangehörigen angesetzt. Die Mutter erscheint nicht. Sie ist auf dem Weg ins Gefängnis bei der Bushaltestelle zusammengebrochen. Doch der Bruder kommt. Die Schwester nicht, die will nichts mit einem zu tun haben, der dafür verurteilt wird, daß er eine Frau vergewaltigt und hinterher erwürgt hat. Aber er kann mit seiner Mutter telefonieren, nachdem sie Beruhigungstabletten eingenommen hat: Sie werde kämpfen, weiterkämpfen, doch dann erstickt ihre Stimme. Er erkundigt sich, ob es der Mutter besser gehe mit all dem Wasser in den Beinen. »Deine Fotos«, so der Bruder, »die Wohnung ist voll davon, an den Wänden, auf jedem Tisch und jeder Kommode, du kennst das Hobby, mit dem uns unser Vater gequält hat, fotografieren: auf dem Bärenfell, mit dem Dreirad, mit Schultasche, vor dem Haus und hinter dem Haus...« Er unterbrach den Bruder: Ob es die Hütte noch gebe? »Blöde Frage, natürlich gibt es sie noch, dort hast du mir das Fischen beigebracht«, und sie lachen auf, als er nachmacht, wie er zum ersten Mal versucht hat die Rute auszuwerfen: »Der erste Fisch an der Angel und über dem Feuer. Ja und dann...« Er schweigt und meint: »Merkwürdig, was ich auch gern noch einmal gemacht hätte: mit der Subway fahren, durch die verdreckten Scheiben schauen und sich vorstellen, daß einen die Bahn an einen andern Ort bringt als an den, wo man hinwill.« Wann er heirate? Er wolle nicht, daß die Hochzeit wegen seiner Hinrichtung verschoben werde, die ist nun definitiv. Und der Bruder: »Wenn es ein Junge ist, kriegt er deinen Namen, Ricardo.« Dann umarmen sie sich. Der Bruder drückt ihm die Hände und preßt die Finger, das habe Mutter ausdrücklich gewünscht, »fest die Hände umklammern«, wie hätte sie sich gefreut, noch einmal mit ihm zusammenzusein, nicht durch ein Plexiglas getrennt: »Es hört sich anders an, wenn das, was der andere sagt, aus dem Mund kommt und nicht aus der Box.«

Um 13.00 erscheinen die beiden Anwälte. Alex Smith rapportiert, was Ricardo bereits weiß: Bis in die Nacht hätte die Jury getagt, das Gesuch verworfen, neun gegen zwei. Nicht zum ersten Mal – beide nicken –, auch die Justizministerin nicht und der Gouverneur nicht, der wollte schon gar nichts von einer Begnadigung wissen, auch keine neue DNA-Analyse. Als seine Verteidiger würden sie nicht aufgeben; sobald sie den geringsten Anlaß sähen, würden sie Revision verlangen. »Ob man mit einer Rehabilitation anders tot ist?« Pete Bordillo, der zweite Anwalt, zeigt auf die Ordner im Regal neben dem Tisch: »Natürlich hat die Familie Anspruch darauf. Wir würden die Akten gerne im Office zur Verfügung halten. Sollen wir etwas unternehmen gegen die Freundin der Ermordeten?« – »Gegen die, welche in den *news* sagte, man habe aus mir, einem Monster, einen Star gemacht?« –»Es ist nicht die einzige, die es stört, daß Ihr Fall mehr als nur Aufsehen erregte, da sind auch noch die, welche draußen vor dem Gefängnis demonstrieren. Die Verwaltung hat sich vorgesehen. Fünf Afroamerikaner, voll bewaffnet, zum Schutz des Gefängnisses. Wir wurden durch einen Seiteneingang hineingeschleust«, und er hält ein Bündel Proteste hin: »www.ricardo.death-chamber.com.« Und Ricardo: »Nun melden sich auch die aus der College-Zeit, mit denen ich im Footballteam spielte, sie hätten mit mir einen Wichtigtuer und Lügner gekannt.« Und da die beiden Anwälte einen Moment betroffen schweigen: »Ich hab's gehört, sie mixten einen neuen Cocktail ›Injection lethal‹.« Und Smith: »Wenigstens hat sich die Familie der Ermordeten jeden Kommentars enthoben, sie gaben kein Interview, als bekannt wurde, daß die Begnadigung abgelehnt wurde.« Es gälte letzte Formalitäten zu erledigen – ob er sich irgend etwas anderes überlegt habe, wenn nicht, sei noch ein Punkt zu klären, was seinen letzten Willen betreffe. Ja, er bleibe dabei, er wolle nach wie vor seine Organe spenden, italienischen Kindern, Kindern jenes Landes, aus dem einst sein Großvater ausgewandert sei, in ein Land, wo das Leben besser sei und wo einem seiner Enkel ›lebenslänglich‹ verwehrt werde. »Dank der Spende haben meine Augen die Chance zu sehen, was ich ihnen selber nicht bieten konnte.« Eine Organspende sei gesetzlich nicht gestattet, wird er belehrt, weder Augen noch Nieren, es gehe nicht wegen der Spritzen, die man verabreichen wird.

Um 14.00 wird die letzte Mahlzeit serviert, wie vorgeschrieben vier Stunden vor der Exekution. Als Kinder hatten sie Henkersmahlzeit gespielt und sich ausgedacht, was sie alles noch einmal essen möchten, wieviel davon und alles zugleich und vor allem das, was sie nie gehabt hatten – eine Schlaraffenland-Mahlzeit, wie man es nur vor einer Hinrichtung erlebt. Und nun, da er einen Sonderwunsch vorbringen kann, will er nichts Besonderes, er mag Tag und Datum nicht feierlich begehen. Er wünscht eine Pizza, dazu eine doppelte Portion Parmesan und Cola light, light, weil Mama stets darauf gedrängt hat, er solle gesund leben.

Um 14.40 eine Dusche. Nachdem er sich trockengerieben hat, stellt er sich erneut unter die Brause, noch einmal einen Wasserstrahl auf der Haut spüren. Auf der Digitaluhr an der Wand schiebt eine Zahl die andere. Er unterschreibt die Rechnung für das Telefonat mit der Mutter: neun Dollar vierundfünfzig, zu begleichen bis drei Tage nach der Hinrichtung.

Um 15.00 kommt der Priester. Ricardo bittet ihn, das Wort »Trost« nicht zu gebrauchen. Doch, so der Priester, jetzt gehe es um die Begleitung auf dem letzten Gang. Ricardo aber: Er habe immer gemeint, den letzten Gang trete ein Toter an, der führe vom Sterbeplatz zum Begräbnisort. Er aber, er sei einer, der als Lebender den letzten Gang antrete. Er sei gegen das gemeinsame Gebet, und schon gar, wenn er bereuen sollte; wie sollte er bereuen, was er nicht getan hatte. Wenn er unschuldig sei, so der Anstaltspriester, werde er ins Paradies eingehen. Und Ricardo: Wenn der Himmel nicht Gerechtigkeit biete, so möge er ihm wenigstens mit Mut beistehen, eines wisse er: »Dieser Himmel ist größer und weiter als über dem Gefängnishof das Viereck, zu dem ich fünf Jahre lang beim täglichen Rundgang hinaufgeschaut habe.«

Gegen 18.00 treffen die ersten Zeugen ein. Die vier Journalisten nehmen im Zeugensaal in der vordersten Reihe Platz. In der zweiten Reihe Mitbürger, die sechs, die sich als erste auf den Aufruf gemeldet haben. Der Stuhl für den Familienangehörigen bleibt leer. Als letzte Zeugen setzen sich die beiden Anwälte. Die Zeugen sitzen vor einer Scheibe, die den Blick freigibt in die Todeszelle, wo der Verurteilte für die Exekution mit den Füßen zu ihnen auf dem Eisenschragen liegen wird. Hinter dem Schragen eine Stellwand mit einem Fenster. Durch dieses wird der Henker das Geschehen dirigieren. Aus der Wand hängen drei Schläuche.

Während die Zeugen sich einrichten, liest genau um 18.00 der Gefängnisdirektor dem Verurteilten in seiner Zelle das Todesurteil vor und gibt den Ablauf der Hinrichtung bekannt. Dann stellen sich die zwölf Männer des Hinrichtungskommandos ein, alle in blauer Uniform ohne Namensschilder, die Freiwilligen sollen anonym bleiben. Ricardo schaut ihnen ins Gesicht. Jetzt packen ihn zwei und führen ihn in den Vorraum zur Todeszelle. Sie verabreichen ihm ein Beruhigungsmittel. Einer der Adlaten erinnert sich: Das Sedativ konnte so stark wirken, daß der Verurteilte schon lächelnd die Todeszelle betrat. Ricardo wird flankiert von je sechs Mitgliedern des Kommandos, die ihn auf den Schragen binden, je zwei für die Arme, zwei für die Beine und zwei für die Füße. Dann schließt ein Vorhang den Zeugen die Sicht. Faust machen und Faust öffnen, pumpen, damit die Venen anschwellen und die Injektionsnadeln gesetzt werden können. Danach geht der Vorhang wieder auf. Ricardos rechter Arm ist an die todbringenden Schläuche angeschlossen. Neben ihm der Priester, der ein Kreuz über ihm zeichnet, bevor er die Todeszelle verläßt und sich in den Zeugenraum begibt. Der Gefängnisdirektor fragt, ob Ricardo noch ein paar letzte Worte sagen wolle. Ricardo versucht den Kopf zu heben und richtet seine Worte an die Scheibe, hinter der die sitzen, die bezeugen werden, daß er tot ist: »Mama ti amo, Alberto ti amo. Dank an Mary Lowski, die meinen Fall an die Öffentlichkeit brachte. Ich sterbe als Unschuldiger. Im Psalm 55 steht...« Der Lautsprecher wird abgeschaltet. Eine Minute ist für letzte Worte vorgesehen. Ohne gehört zu werden, flüstert Ricardo die Verse: »Abends und morgens und mittags will ich klagen und heulen; so wird er meine Stimme hören.« Er lehnt sich zurück und bettet seinen Kopf zurecht. Die Zeugen werden bestätigen: Er machte die Augen selber zu; man mußte sie ihm hinterher nicht schließen. An der Exekution selber nehmen sie nicht teil. Der Durchblick wird erneut geschlossen. Sie vernehmen auch nicht den letzten Seufzer.

Um 18.20 beginnen die Lösungen zu fließen. Die erste, Tiopental, blockiert das Hirn. Die zweite, Pavlon, lähmt die Muskeln und schließt die Atemwege. Die dritte, cloruro de patassio, löscht die Herztätigkeit.

Dreißig Sekunden dauert die Agonie. Der Anstaltsarzt neben dem Henker hinter der Trennwand verfolgt die Exekution auf dem Monitor. Als das Herz keine Signale mehr sendet, stellt er 18.21 den Tod fest und informiert den Gefängnisdirektor. Der Vorhang vor dem Zeugenfenster wird wieder geöffnet. Während die Leiche um 18.25 zur Ambulanz gebracht wird, die vor dem Todestrakt wartet, gibt der Gefängnisdirektor die Nachricht durch: »Die Hinrichtung fand zum vorgesehenen Zeitpunkt statt. Der Verurteilte erwies sich als kooperativ.«

Candide und sein kleiner Garten

Er schreckte auf. Nicht daß er aus dem Schlaf auffuhr, überraschte ihn, sondern daß er eingeschlafen war; in einer Nacht wie dieser war ihm nicht nach Schlafen zumute gewesen. Der Lärm war ohrenbetäubend. Candide hatte das Rattern der Preßluftbohrer auf seinem Grundstück schon einmal erlebt, als für die Autobahn mitten in seinem Garten ein Betonpfeiler errichtet wurde. Er hatte seinen Wortschatz längst um Ausdrücke wie Phon und Dezibel erweitert.

Doch diesmal besiegelte der Preßluftbohrer ein Ende. Um die Hälfte sollte der Garten verkleinert werden. Candide hatte sich umsonst gegen die Erweiterung der Straße gewehrt. Es gab schwerlich ein rechtskräftiges Argument gegen die Tatsache, daß der Garten – ein Gärtchen, wenn man's genau nahm – in eine bauliche Mischzone eingestuft worden war: Wohnungen und stille Betriebe. Die Planer redeten nicht von Garten, sondern von Grünfläche.

Als Candide den Garten erworben hatte, hatte dieser weit weg von jeder Siedlung gelegen. Voltaire, der ihm das Stück Land verschaffte und literarisch-notariell zusicherte, hoffte, ihn mit diesem Abseits vor weiteren Belästigungen durch die Weltgeschichte zu verschonen.

Vorbei die Zeit, als die Mühle des Nachbars klapperte, was einst von den vorbeiziehenden Handwerksburschen aus Deutschland besungen wurde. Candide hatte sich an dieses Alltagsgeräusch gewöhnt, wie er sich später daran gewöhnte, daß mit der subventionierten Modernisierung der Bauernhöfe das Mühlengeklapper vom ständigen Rauschen der Futtersilos abgelöst wurde, was seines Wissens bisher von niemandem besungen worden war.

Das Bächlein sprudelte nicht mehr. Vorbei die Zeit, als wegen der Abwässer die Fische verendeten. Mit der Errichtung der Kläranlage war das, was als Bächlein durch seinen Garten floß, melioriert worden: ein dünner Kanal mit zementierten Ufern, als Erinnerung eine Trauerweide, die bald dem Waldsterben zum Opfer fiel.

Der kleine Garten war von der Stadt eingeholt worden. Der Aufschwung bestätigte sich erneut, indem man die Zufahrtsstraße zum nahegelegenen Flughafen erweiterte. Seitdem die zweite Piste verlängert worden war, befand sich der Garten in einer Abflugschneise. Candides Morgen begann mit dem Motorengeheul des Jumbos, der nach Hongkong startete.

Dank dieser Entwicklung war der Quadratmeterpreis des Gartens gestiegen. Zudem war Candide wegen der Hochhäuser der angrenzenden Wohnsiedlung zu einer respektablen Schattenentschädigung gekommen. Das Konto hatte nicht gelitten, nur der Garten. Der Gemüseanbau war beeinträchtigt. Candide hatte sich geschäftlich kaum mehr von der Katastrophe erholt, als auf seinen vielgerühmten Kohl nicht nur saurer Regen gefallen war, sondern atomverseuchter aus der Ukraine.

Nun war das Auskommen eine Zeitlang dank Kunigunde gesichert gewesen. Sie, die er in einem Schloß kennengelernt und deretwegen man ihn mit Fußtritten hinaustraktiert hatte, war ihm gefolgt, als er seinen kleinen Garten aus der Umgebung von Konstantinopel nach Westeuropa verlegte. Sie, die als Mätresse und Sklavin mißbraucht worden war, hatte sich als vorzügliche Kuchenbäckerin entpuppt. Einst sündhaft schön, jetzt sündlos häßlich, war sie in ihre Heimat nach Westfalen zurückgekehrt, weil Friedhöfe nirgendwo so bekömmlich seien wie zu Hause.

Hätte Candide keinen Fernsehapparat gehabt, wäre er sich trotz Kunigunde verlassen vorgekommen. Er war ein begeisterter TV-Zuschauer geworden. Was ihm auf dem Bildschirm geboten wurde, erinnerte an seine Reiseabenteuer durch die Welt.

Natürlich hatten sich die Kostüme verändert und waren die Requisiten modernisiert worden. Elektroschocks bei gerichtlichen Befragungen hatte es damals nicht gegeben, man hatte das Schweigen der Angeklagten mit Feuerzangen und Daumenschrauben gebrochen. Es war auch eher von Syphilis als von Aids die Rede gewesen. Ohne Zweifel waren technische Fortschritte gemacht worden, wenn er zum Vergleich an die Luftmaschine dachte, die ihn einst aus dem El Dorado über die Berge hinweggehievt hatte.

Schaltete Candide die Frühnachrichten ein, erinnerten ihn die Bilder daran, wie er, unfreiwillig in eine Armee gesteckt, mit Streichen auf die nackten Fußsohlen abgerichtet worden war. Sah er vor dem Zubettgehen die Spätnachrichten, unterschieden sich die Neuigkeiten von Betrug und Korruption kaum von jener, mit der man ihn einmal um Diamanten gebracht hatte. Und wenn er sich zur Essenszeit mit dem Teller vor den Apparat setzte, traten neben den Bettlern und Ausgehungerten von damals Straßenkinder von heute auf. Ihm war, als würden sich Attentäter und Terroristen auf den Satz berufen: »Das Unglück verleiht gewisse Rechte.«

Da Candide verkabelt war, war er dank einer Fernsehantenne in der einen Ecke seines Gartens an über vierzig Programme angeschlossen. Wichtig war nicht mehr, belesen zu sein, sondern vernetzt. Er zappte durch die Welt, und die war größer als zu der Zeit, als er gereist war, verschleppt und gejagt worden war; er war immerhin in Paraguay und in Surinam gewesen. Jetzt brauchte er nicht hinzugehen, sondern die Welt kam per Fernbedienung zu ihm. Wohlbekannt die Fanatiker, die sich auf die beiden Bibeln und den Koran stützten, neu die, welche auf das Fundament von Hautfarbe und Parteiprogrammen bauten. Drückte er eine Taste, sah er, wie in China Demonstranten niedergeknüppelt wurden, drückte er die nächste, nahm er an den Rassenkrawallen in Los Angeles teil.

Und dennoch hätte er gerne wieder einmal mit seinem geistigen Vater gesprochen, mit Pangloss, mit dem Mann, der ihn trotz allen Wahnsinns und aller Absurditäten stets davon überzeugt hatte, daß wir in der besten aller Welten leben – obwohl, so räsonierte Candide, wenn dies die beste war, wie mies muß es in andern zugehen, und er hatte in einer wolkenlosen Nacht den Mond dafür beglückwünscht, daß es dort keine Menschen gab.

Als hätte Pangloss die geheimen Wünsche erraten. Candide war zutiefst erstaunt, als sein einstiger Mentor sich eines Morgens durch das kleine Gartentor zwängte. Erstaunt vor allem über dessen Aussehen. Als er Pangloss zum letzten Mal gesehen hatte, hatte der angefressene Ohren und keine Nasenspitze mehr gehabt, nun aber war sein Gesicht straff und intakt. Pangloss lobte einen Arzt: Ein Beweis dafür, daß wir in der besten aller Welten leben, sei die Entwicklung der Kosmetik; es gehe nicht ohne Schönheitschirurgie, wobei er in erster Linie nicht an Gesichter dachte, sondern an Politik und Wirtschaft.

Pangloss unterrichtete nicht mehr Metaphysico-theologo-cosmolo-nigologie, wie damals, als Candide ihn kennenlernte. Pangloss hatte sich dem Fach Seele zugewandt, er studierte sie auf der Couch wie im Seminar. Er, ein Guru honoris causa, war der Begründer einer Analytikerschule, welche getreu einem alten *on-dit* im Sinne vorgegebener Harmonie die Patienten nicht vom Bettnässen heilte, sie aber dazu brachte, Freude daran zu haben. Er liftete nicht Falten, sondern Seelen.

Candide führte Pangloss durch das Grundstück, um zu demonstrieren, daß es nicht möglich war, in Ruhe seinen kleinen Garten zu bestellen – ob dies die beste aller Welten sei? Gerade dies bestätigte Pangloss: »Du wolltest einen kleinen Garten, und jetzt erlebst du, wie du an seiner Stelle den allergrößten gewinnst, nämlich einen ›global garden‹.« Candide wunderte sich, daß Pangloss einen englischen Ausdruck benutzte – »nicht englisch«, korrigierte Pangloss, »sondern amerikanisch«. Candide wurde klar: In der besten aller Welten war es mit dem ›petit jardin‹ aus. Vor dem Einschlafen sinnierte er darüber nach, wo er im Weltgarten anfangen solle, Unkraut zu jäten.

Die Einwilligung

Was, wenn er mitgelogen hätte? Säße er dann auch hier, an diesem Küchentisch, vom Regen bis auf die Haut durchnäßt, mit einem Frottiertuch von Zeit zu Zeit über den Kopf fahrend, damit das Wasser nicht von der Stirn in die Augen lief und von den Ohren in Nacken und Hals?

So schwer war ihm das Lügen sonst auch nicht gefallen, wenn er an die täglichen Berufsschwindeleien dachte, obwohl die in der Firma ungehalten gewesen wären, hätte er von Lügen gesprochen, wo es um Geschäftsinteressen ging. Wenn es brenzlig wurde, holten sie ihn: Es brauche jemanden, der die Dinge drehe und wende, und nicht nur am Telefon, sondern von Angesicht zu Angesicht. Soviel hatte er von Personalführung verstanden, nämlich die Sekretärin so weit zu bringen, daß sie von sich aus verleugnete und dort vertröstete, wo es nichts zu versprechen gab. Amüsierte es ihn nicht nach Jahren noch, wenn der Grafiker für die Prospekte die Fotos so beschnitt, daß die Hotels im Grünen lagen, weg vom Werkstattbetrieb im Hinterhof und vom Bauplatz daneben? War es nicht seine Erfindung, die Nuance zwischen »Komfort« und »landesüblichem Komfort«?

Hatte ihm nicht Dieber einmal auf die Schultern geklopft: Leute wie er seien gezwungen zu lügen, das mache sie clever und geeignet fürs Arrangement, das kenne man von den Beschnittenen her; als er zurückfragte, ob er Muslime meine, wurde der andere verlegen – ausgerechnet Dieber, aber eben wennschon, log in üblicher Manier.

So genau hatte er es mit Korrektheiten nicht immer genommen. Als er frisch in die Firma eingetreten war, hatte man ihm die Tageskasse anvertraut. Damals hatte er Nächte durchgemacht und in der ersten Woche einen Monatslohn verbraucht; da frisierte er Belege, auch wenn am Monatsende alle Konten stimmig waren.

Wie hatte er Kurt belogen und hingehalten. Wie oft hatte er sich mit ihm verabredet, obwohl er wußte, daß er das Rendezvous nicht einhalten würde, er hatte im letzten Moment abgesagt oder ihn einfach stehenlassen. Er hatte sein Benehmen damit entschuldigt, daß sein Beruf Unvorgesehenes mit sich bringe. Der Junge hatte brav wieder angerufen. Er hatte ihn am Bahnhof aufgelesen; als er ihm zu Hause hinterher etwas aus dem Eisschrank auftischte, hatte der nasse Augen gekriegt: Er lebe bei einer Tante, seine Mutter habe sich wieder verheiratet und ihr Mann wolle nichts von der Brut aus der ersten Ehe wissen. Kurt redete stets davon, was für Schulen er besuchen wolle: Ob man die kaufmännische nachholen könne, ob man für die Kunstgewerbeschule ein Eintrittsexamen ablege; er schnitt aus Zeitungen Inserate für Fernkurse aus. Er wußte, daß es Kurt nie dazu reichen würde, obwohl er zu mehr fähig war, als in einem Depot Kisten zu stapeln und Lieferscheine auszufüllen. Eines Tages rückte er mit zwei Einkaufstüten voll Kleidern an. Daß er Kurts überdrüssig war, hatte er nicht den Mut zu gestehen: Er könne ihn nicht bei sich unterbringen, ein Bruder habe sich zu einem längeren Besuch angekündigt. Trotz allem traf er Kurt wieder, ließ ihn weiter anrufen und hielt

Abmachungen nicht ein. Doch dann waren sie eines Abends »Monsieur« begegnet.

Ein lähmender Schreck, als er die Nachricht erhalten hatte. Für Tage war er verstört: Ob man Kurt nicht hätte zurückhalten können. Wer wäre dazu imstande gewesen? Er selber hatte den Jungen seit langem nicht mehr gesehen, fraglich, ob es gelungen wäre, Kurt daran zu hindern. Ob dieser je davon gesprochen hatte, und wennschon, weshalb hätte Kurt ausgerechnet mit ihm reden sollen?

Jetzt aber, an dem Tisch, an dem er manchmal mit Kurt gesessen hatte, erinnerte er sich mit Zärtlichkeit an ihn; nicht wegen der genossenen Zärtlichkeiten, eher als Kumpan, als sei er es, der um ein Rendezvous bittet. Er würde es Kurt nachtun, wenn auch auf eigene Weise. Nie hätte er geahnt, daß er eines Tages den Tod herbeirufen wird und sich dafür dem Regen ausliefert, und daß er nun dasitzt und wartet, bis auf die Haut durchnäßt.

Er hatte damals die Nachricht von Monsieur erhalten. Er war verwundert, daß ihn dieser nach so langer Zeit anrief, seine Stimme klang nervös: Ein Gespräch sei im gegenseitigen Interesse, Kurt sei minderjährig gewesen. Er verabredete sich mit Monsieur in der Bar, wo sie sich zum ersten Mal getroffen hatten und wo der Kellner einen Bückling machte: »Professore, professore.« Monsieur trug zum dunklen Anzug eine schwarze Krawatte. Kurt hatte sich vor den Zug geworfen, und dies, obwohl er eben eine Stelle als Hilfspfleger hätte antreten können. Als Monsieur das Glas gedankenvoll in der Hand drehte, empfand er Sympathie für ihn, ihm imponierte, daß Monsieur an Kurts Beerdigung teilgenommen hatte. Er machte sich Vorwürfe, diesem

Mann unrecht getan zu haben, er hatte ihn doch einmal gern gemocht, er hatte ihn Leo nennen dürfen, während ihn selbst die Vertrautesten León riefen.

Doch dann merkte er, daß Leo etwas in Erfahrung zu bringen suchte. Kurts Tante habe am Telefon geschluchzt: Sie sei gerührt, daß ein Professor und gar einer von der Universität sich ihres Kurtli angenommen habe, der habe sich nach einem Vater gesehnt. Leo erwähnte, zum Leichenmahl habe er nicht bleiben mögen: Wieso wohl einer von der Vormundschaft an der Beerdigung teilnahm, ob Kurt geschwatzt habe?

Ohne zu zögern hatte er Monsieur geantwortet: Kurt sei ein lieber Kerl gewesen, aber auch naiv, es liege drin, daß er sich in einer schwachen Minute mit seinen Bekanntschaften brüstete, es seien feine Bekannte gewesen wie eben Monsieur, was habe Kurt schon anderes vorzuweisen gehabt. Er brachte dies vor, ohne einen Moment an Kurts Verschwiegenheit zu zweifeln. Aber er wollte erleben, wie Leo bleich wurde. Dieser zuckte prompt zusammen und setzte sein Monsieur-Gesicht auf: Man mußte aufpassen, wen man alles am Bahnhof auflese. Da hatte er Leo in die Augen geschaut: Soll Monsieur sich doch selber für seine Abenteuer am Bahnhof-Pissoir umsehen. Er spielte damit nicht nur auf Kurt an. Kaum hatte Monsieur ihn mit jeweils jüngeren Bekannten gesehen, hatte der sich an ihn herangemacht, nicht, daß er ob Monsieurs Anbiederung eifersüchtig geworden wäre, doch er fühlte sich benutzt, als einer, der gut genug war, jemandem das Terrain vorzubereiten. Das konnte peinlich werden wie bei Fredy, den er vom Segelclub her kannte. Dem hatte es geschmeichelt, als ihm Monsieur seine Visitenkarte zusteckte (»Prägedruck und Wappen«); er selber hatte Fredy kurz danach zufällig in einem Landgasthof getroffen und miterlebt, wie der sich vertraulich von Leos Frau verabschiedete, die dabei war, die Übernachtung zu bezahlen. Daher schleuderte er Monsieur, der eben an seiner Trauerkrawatte zupfte, ins Gesicht: Er habe keine Lust, ihm junge Leute zu liefern. Er sagte nicht »ins Bett«, sondern »in die Betten«.

Leo stammte nun einmal aus einer alten Familie, die hatten einen alten Besitz und einen alten Ruf, und Monsieur wollte keines von beidem verlieren. Das verhielt sich anders, wenn er an die eigene Jugend dachte, an das Mietshaus, in dem jeder darauf achtete, was beim andern im Briefkasten steckte und was in den Markttaschen nach Hause getragen wurde, wo man sich sorgte, was sie im Parterre rechts über einen erzählten und was die im ersten Stock links von einem dachten und was mit dem Briefträger im Treppenhaus geflüstert wurde – wenn der Vater tobte, hatten sie ihn beruhigt, indem sie ihm zuriefen, das könnten die Nachbarn mitkriegen.

»In meiner Stellung«, wie oft hatte er die Bemerkung von Monsieur gehört und manchmal in einem Ton, als leide er unter seiner Stellung, obwohl er ja aus freiem Willen all die Posten und deren Last auf sich nahm. In der Tat, Leo hatte mehr als eine Stellung, nicht nur die als Professor an der Universität, ein Völkerrechtler, er hatte zunächst nicht einmal recht gewußt, was das war – ius gentium, wie Leo erklärte. Das half auch nicht weiter, aber immerhin. Leo war juristischer Beirat in internationalen Stiftungen und immer in irgendeiner Kommission.

Im Vergleich dazu er – Angestellter einer Reiseagentur. Auch er konnte eine Stellung verlieren, allerdings nur eine, und das war ihm bewußt geworden, als ihm der Chef vorschlug, in die amerikanische Filiale zu wechseln; ihm war klar, daß er abgeschoben wurde, aber Einwände zählten nicht mehr. Es ging nicht mehr darum, nach New York zu übersiedeln, sondern um eine Versetzung, die endgültig war.

Weißwas hatte er sich eingebildet, als er seinerzeit mit seinem Lohn dieses Studio hatte mieten können; er war stolz darauf gewesen, daß er die geflochtenen Küchenstühle aus Italien kommen ließ. Er legte das Frottiertuch auf eine Rükkenlehne und strich das Tuch glatt. Für die Stühle würde sich kaum Verwendung finden lassen, die konnte die Heilsarmee abholen. Das verhielt sich mit dem übrigen Hausrat anders. Der Neffe hatte bereits die Stereoanlage abgebaut und sie mit dem Fernseher zusammen abgeholt. Deren Umzug hätte sich kaum gelohnt; die Apparate hätten in jedem amerikanischen Supermarkt weniger als ihr Transport gekostet.

Er sah zu den Schachteln, in denen er einiges Küchengerät verstaut hatte. Zum Abholen bereit, nur wußte er nicht, von wem und für wohin. Wenig würde er mitnehmen, falls er es soweit kommen ließ, daß er für den letzten Umzug die Ambulanz benutzte – ein paar Toilettensachen, einen Pyjama und den Morgenrock, den asiatischen, mit dem Drachen auf dem Rücken, sicher den Transistor und den Kopfhörer für schlaflose Nächte, wer weiß, in was für ein Vielbett-Zimmer er eingewiesen würde. Weit reichte es mit dem Tagegeld seiner Versicherung nicht, wie hätte er in seinem Alter sich je um eine Spitalzusatzprämie kümmern sollen.

Wie gut es sich traf, daß die Wohnung bereits gekündigt

war und ein Teil des Hausrats verpackt. Als er seinem Bruder mitgeteilt hatte, er würde in die Filiale nach New York versetzt, hatte der gleich bemerkt, New York sei eine große Stadt, da falle einer wie er weniger auf. Der Bruder würde erben, was er auf der Bank hatte, das würde auf alle Fälle für die Kosten einer Beerdigung ausreichen und auch für einen Umtrunk hinterher; soweit er seinen Bruder kennt, wird heißer Fleischkäse und Kartoffelsalat serviert, sein Bruder wird kaum laut sagen, worauf er beim Trauern anstößt.

Sein Bruder hatte ihn einst erwischt. Er selber stand kurz vor dem Handelsdiplom. Er war spät mit ein paar Zufallsbekanntschaften aus einer einschlägigen Bar gekommen; der Bruder hatte zu Hause auf ihn gewartet, kaum hatte er in seinem Zimmer Licht gemacht, war der auf ihn losgegangen: Was das für Schwuchteln seien, mit denen er sich herumtreibe, er werde für den nächsten Samstagabend ein paar Hühner organisieren und ihm beibringen, wie man auf denen herumrutscht. Als er seinem Bruder hinwarf, das gehe ihn einen Dreck an, hatte ihm der mit der Faust voll ins Gesicht geschlagen. Er war zuerst verdutzt gewesen, auch wenn er sich mit seinem älteren Bruder öfters gerauft hatte, geschlagen hatten sie sich nie. Ihr Streit hatte die Mutter geweckt; als diese unter der Tür stand, in ihrem dünnen Morgenrock und mit den Lockenwicklern im Haar, hatte der Bruder auf ihn gezeigt: Der will nach dem Diplom ausziehen. Das hatte er gar nicht im Sinn gehabt. Er hatte zu diesem Hinauswurf genickt und nicht einmal versucht, die Mutter zu trösten, die zu weinen begann.

Sein Bruder mußte mit dem Vater gesprochen haben. Als dieser die Kosten für die Hochzeit seines Ältesten ausrechnete und die Mutter für einen Moment aus der Stube gegangen war, hatte der Vater vor sich hin gesagt, er würde selbst die Lebensversicherung opfern für einen Sohn, der kein Krüppel sei. Er wohnte damals längst nicht mehr zu Hause. Als er den Vater Jahre danach im Spital besuchte, hatte der gestaunt, wieviel sein Jüngster verdiente, »und das mit fünfundzwanzig«, mehr als er nach vierzig Jahren Postdienst nach Hause brachte, und er hatte zur Zimmerdecke geflüstert: damit könnte man eine Familie unterhalten.

Er hatte auch nie mit der Mutter darüber gesprochen. Es hatte ihn gefreut, daß er ihr zu ersten Ferien in ihrem Leben verhelfen durfte, das war bei seinem Beruf mit all den Sonderangeboten leicht zu arrangieren. Sie hatte sich gewünscht, »einmal das Meer zu sehen, gleichgültig welches, es bräuchte nicht das teuerste zu sein«. Er hatte für das folgende Jahr ein anderes Meer vorgeschlagen, das »Rote Meer« zum Beispiel, oder die Ostsee, »die auch ein Meer ist, obwohl sie nicht so heißt«.

Ein zweites Mal mochte sie nicht wegfahren, da sie nun wüßte, wie das sei, Ferien. Bis zu ihrem Tod hatte sie einmal in der Woche bei ihm aufgeräumt, und eines Abends, als sie die gebügelte Wäsche aus den Plastiktüten hervorholte, sagte sie, sie habe auch die Hemden und die Unterhosen seines Freundes mitgewaschen.

Er wußte nicht mehr, wo das Lügen begann und wo die Wahrheit endete, dieses Vertuschen und Sich-Bekennen, das Darüber-Hinwegsehen und das Auftrumpfen, das schob sich ineinander und wurde monoton wie der Regen, der draußen fiel.

Er öffnete das Küchenfenster, er sah die schieren Regenfäden im Schein der Straßenlaterne. Über den Dächern lag ein glänzend-feuchter Schimmer, und ein aufgeregtes Plätschern kam von unten, wo das Abflußrohr kaputt war. Er spürte einen Luftzug. Er fuhr sich über die Stirn, die war nicht nur naß vom Wasser, das noch aus den Haaren rieselte; er fühlte feuchten Schweiß auf den Händen.

Vielleicht war all das, was er als Wahrheit oder als Lüge verstand, nichts anderes als ein Gegengeschäft. Hatte er am Ende die Rücksicht im Privaten deswegen andern gegenüber gepflegt, weil er selber darauf angewiesen war?

Direktheit hatte er nie gemocht. Es störte ihn, wenn Kollegen zu Anzüglichkeiten ausholten; kaum spitzten sie einen Bleistift oder hielten sie einen Locher in der Hand, führten sie ein paar Fickgesten vor. Er war früher noch manchmal nach Büroschluß mit einigen auf ein Bier zusammengesessen, immer wieder war es auf irgendwelche Zoten hinausgelaufen. Das erinnerte ihn an die Sonntagabende in der Rekrutenschule, wenn die Kameraden aus dem Wochenendurlaub wieder in die Kaserne einrückten und wenn sie in den Schlafsälen durchgaben, was sie mit ihren Freundinnen, Bräuten oder Frauen getrieben und wie sie es ihnen besorgt hatten; er haßte diese Obszönitäten, schon weil sie nach Wollsocken mit Fußschweiß rochen.

Und andererseits hatte es ihn belustigt und verlegen gemacht, wie die Lehrlinge daherkamen, die waren doch nur zehn oder fünfzehn Jahre jünger. Die gaben sich für ihre Dauerwellen die Adressen von Coiffeuren bekannt, hängten sich Kettchen und Armbänder um, die trugen das Hemd bis zum Gürtel offen, der Nabel als Markenzeichen, und hatten Hosen an, die vorn und hinten modellierten. Was für ein

Hallo, als einer eines Morgens seinen Ohrring vorführte: »piercing eins a.« Er kam sich neben ihnen mit seiner Vorliebe für grau-blau Uni lächerlich konventionell vor – oder war das bereits ein Versteckspiel, ein überflüssiges zudem?

Nein, er hatte aus seiner Liebe zu Männern nie einen Hehl gemacht, einer Liebe, der er nun den Tod verdankte, einen Tod, dem er im Regen entgegengegangen war, er nahm sich das Recht heraus, das Sterben mitzubestimmen.

Die Lippen klebten, und der Mund war trocken. Er verspürte Lust auf Tee. Den besten hatte seine Großmutter gebrüht, aus Lindenblüten, die sie selber pflückte, sie hatte Honig hineingetan; man müsse schwitzen, dann sei alles wieder gut. Aber er wünschte einen Tee, der nichts vertrieb, der sollte fördern, was sich in ihm auszubreiten begann.

Über dem Gewürzständer mit den Teedosen hing noch immer das Poster von einem Vietnamveteran, dem wegen homosexueller Praktiken in der Army der Prozeß gemacht worden war: »Ich habe einen Mann getötet, dafür wurde ich dekoriert. Ich habe einen Mann geliebt, dafür wurde ich ausgestoßen.«

Was hätte es zu verhehlen gegeben. Man sah ihn selten mit Frauen, obwohl er mit den weiblichen Angestellten gut auskam und gewöhnlich mit ihnen die Mittagspause verbrachte. Aber er frequentierte Schwulenlokale. Er kannte die nächtlichen Rundgänge von der einen Bar in die nächste und übernächste und in die letzte und von dort in die erste zurück, dieses Jagen, das nächtliche Herumschweifen und Herumstehen an den Treffpunkten wie Bedürfnisanstalten und Parkanlagen.

Im Grunde waren ihm diese Lokale zuwider, und gar

wenn die Stammgäste daherkamen, als seien sie Cowboys aus irgendeinem »milden Westen«, wenn sich die Klienten für ihren abendlichen und nächtlichen Ausgang in Ledermonturen stürzten oder wenn man eine Klingel betätigen mußte, bevor man in einen Club eingelassen wurde – ihn beschlich jedesmal das Gefühl eines Verschworenen, der nicht wußte, worum es bei dieser Verschwörung gehen sollte. Er zog bei weitem die Lokale vor, in denen sich alles mischte, jedermann und jedefrau.

Aber er hatte bald realisiert, daß gerade seine Selbstverständlichkeit provozierte; dabei war es nicht Mut, er war unbekümmert oder sorglos. Es wäre vielleicht anders gewesen, wenn er sich freiwillig in die Ecke gestellt und gebettelt hätte, aus ihr hervortreten zu dürfen. Das hätte den andern erlaubt, ein Zugeständnis zu machen und Toleranz zu üben. Natürlich kannte er das Schulterklopfen: Ich habe nichts dagegen. Als ob es an den andern gewesen wäre, etwas dagegen oder dafür zu haben. So irritierte er noch die, die es gut meinten. Anders hätte es sich verhalten, hätte er geklagt und gejammert. Er hätte Anlaß dazu gehabt, von Anpöbeleien bis zu Razzien. Er war ja auch einmal ausgeraubt worden, aber die beiden, die mit Messer und Revolver drohten, boten einen üblichen down-town-Überfall und erpreßten auch hetero- und bisexuelle Brieftaschen. Vom ersten Lissabonner Besuch her rührte die Narbe auf der linken Stirnseite; er hatte in einer Matrosenkneipe jemand kennengelernt, sie hatten sich ins unbelichtete Ufergelände abgesetzt. Dort bückte sich der andere gleich nach Steinen und jagte ihn Wurf um Wurf flußwärts, bis es ihm gelang, sich zwischen Wellenbrechern zu verstecken.

Hätte es besser gepaßt, wenn er als armer Hund aufgetreten wäre? Da hätten sie Spott und Verachtung mit liberalem Mitleid mischen können; aber er kannte so viele andere arme Hunde, die elend waren, obwohl sie Frauen liebten.

Um daran etwas zu ändern, war es zu spät. Was hieß schon zu spät. Hatte es je eine Zeit gegeben, in der etwas rechtzeitig passiert war, und hieß rechtzeitig etwas anderes als ein pünktlicher Arbeitsbeginn? Und inwiefern kam dieser Tod zu früh? Die Kirchenuhr würde die Zeit weiterschlagen. Ihr momentaner Klang in der Regennacht war sauber und metallen, die zweite Kirche folgte mit üblicher Verspätung, auch sie schlug ihre Dreiviertel.

Nein, er war nie ein Typ der Ansteckknöpfe gewesen. Sicher nicht im Sinne von Koch. Das war ein Kalkulationsgenie, der tüftelte für die Flugtickets und die jeweilige Meilenzahl erstaunliche Kombinationen heraus; man hatte ihn als Tarifjongleur in die Firma geholt. Als er Koch am ersten Arbeitsmorgen an seinem Schreibtisch sah, kam er ihm bekannt vor; als ihm dieser zuzwinkerte, fiel ihm ein, in welcher Bar er ihm schon begegnet war, im Roten Kater. Aber gerade das mochte er nicht, daß einer, nur weil er seine Vorlieben teilte, fraternisierte: Er sei nicht deswegen schon Schicksalsgenosse von einem, nur weil dem auch der Blinddarm wegoperiert worden sei – zeig mir deine Narbe, ich zeig dir meine, meine großflächige gegen deine schmale blasse.

Koch buchte gleich einen Erfolg, nachdem man ihm die Ägyptenreisen anvertraut hatte. Es waren Beschwerden eingegangen: Die Abende, welche die Gruppe auf dem Schiff verbringe, seien langweilig; da fahre man den Nil hinauf und lege an, um Tempel zu besuchen, aber für die Abende seien die Teilnehmer auf die Yacht verbannt. Es hieß, es sei nicht eine Originalidee von Koch, aber es war dennoch sein Einfall, Mumienwickeln als Gesellschaftsspiel aufs Programm zu setzen; die ersten Echos waren begeistert. Jede Frau kriegte eine oder mehrere Klosettpapierrollen und wickelte damit einen Mann ihrer Wahl zu einer Mumie; die drei besten Mumien wurden prämiert.

Doch dann schlug Koch vor, das Angebot zu erweitern. Es würden Reisen organisiert für die, welche Ruinen nachfahren, und Musikreisen mit Opern- und Konzertbesuchen, von Sonderflügen zu Fußballspielen oder zum Christkindelmarkt nicht zu reden, man führe im Angebot Bungalows für kinderreiche Familien, ob man nicht auch an eine Zielgruppe denken sollte, die man bisher vernachlässigt hatte und die man nicht brüskieren sollte. Koch hatte »Freundschaftsreisen« vorgeschlagen, für die er den Begriff »Erlebnisreisen« übernahm.

Koch hatte ihn vorgängig um ein Gespräch gebeten, er rechne mit seiner Unterstützung. Sogleich waren sie aneinandergeraten. Koch hatte ihn einen Feigling und Verräter geschimpft, mit Leuten wie ihm kämen die Homosexuellen nie aus den Toiletten heraus: »Outing«, er schrie das Wort so laut, daß manche Kolleginnen und Kollegen vom Bildschirm aufsahen. Soll er aufs T-Shirt »schwul« drucken lassen, »komm ans andere Ufer«? Er fand jede Spezialisierung grotesk, damit schaffe man gerade das Getto, aus dem man herauswolle; er könne es nicht ausstehen, wenn sie nach den Ferien in den Schwulenbars anfingen ihre Erfahrungen auszutauschen, eine Sauna in Kopenhagen mit einer in Hamburg verglichen und den neuesten Stand durchgaben, Santorin sei in, und in Marokko arbeite die Polizei mit dem Strich zusammen – er sei kein Anhängsel seines Schwanzes, sondern der Schwanz ein Anhängsel von ihm, was nicht heiße, daß der nur hänge.

Zunächst hatte der Begriff »Erlebnisreise« Anklang gefunden. Um so empörter reagierten Arbeitskollegen, als sie dahinterkamen, was Koch beabsichtigte. Die von der Abteilung »Cargo« verfaßten ein Protestschreiben. Koch gab nicht klein bei: Warum man in Bangkok die Hotels von der Liste gestrichen habe, die nicht erlaubten, jemanden nachts aufs Zimmer zu nehmen, wo doch ihre thailändische Filiale bekanntlich in erster Linie Auskunft über Massagesalons und Partnerbars gebe. Koch konnte an die Klage dreier junger Schweizer anknüpfen. Die hatten einen Massage-Parlor aufgesucht, der ihnen von der firmaeigenen Agentur empfohlen worden war, dort hatte ein Thai geraten, ihm Paß, Brieftasche und Wertsachen anzuvertrauen, weil ihnen das sonst abhanden käme; nach der Massage war der Thai verschwunden, nun stellten die drei Schadenersatzansprüche. Die Firma solle sich nicht mit ihrem Renommee brüsten, sie unterhalte schon längst eine Abteilung Zuhälterei.

Koch brauchte die zweimonatige Kündigungsfrist nicht einzuhalten. Er gründete sein eigenes Unternehmen, zuerst als Etagengeschäft, aber dann wechselte er bald in einen Eckladen. Den ersten Erfolg verbuchte er mit Erlebnisreisen in den Senegal, auf der Titelseite des Prospektes war ein nackter Wolof abgebildet, der zum Speerwurf ausholte. Der Prospekt für die Philippinen mußte eingezogen werden, darin waren Bekanntschaften mit Jungen jeglichen Alters in

Aussicht gestellt worden. Das große Geschäft der ›Epheben-Tours‹ waren Gruppenreisen nach San Francisco, in die »liberalste Stadt«; dem Prospekt lag ein Plan vom Castro-Viertel bei, und es wurde ein Zusatzprogramm geboten mit einem Abstecher zur Delphinshow in San Diego, zu Disneyland in Santana, zu den Saunas und Bars von West-Hollywood und zu den »Trickkisten« der Universal Studios: »Wohin fällt der Cowboy, stürzt er von der Veranda des Saloons? Auf die Matratze. Aber nicht auf die deine.«

Merkwürdig, daß sich zu dieser Stunde eine Figur wie Koch mit so vielen Einzelheiten einstellte, als gäbe es nichts anderes, an das zu erinnern sich lohnte. Die Hitze trieb Gesichter an die Oberfläche des Gedächtnisses, auch das bleiche von Jürg, an den er seit der Schulzeit kaum mehr gedacht hatte.

Der war hinter ihm gesessen; bei den schriftlichen Prüfungen hatte er sich so auf die Seite gebeugt, daß ihm Jürg über die Achseln schauen konnte. Er büffelte Französisch, um dem Schulkameraden etwas zum Abschreiben zu bieten. Er war nicht der einzige in der Klasse, der für Jürg schwärmte. Er hatte ihn oft nach Schulschluß auf dem Heimweg begleitet, obwohl er in einem anderen Viertel wohnte; er hatte eine Tante erfunden, die in der Nähe von Jürg ein Haus habe. Er verbrachte mit ihm freie Mittwochnachmittage. Einmal lud ihn Jürg nach Hause ein; er betrat zum ersten Mal, was man eine Villa nannte. Man trank Tee, man benutzte für den Kuchen eine Kuchengabel und für den Würfelzucker eine Zuckerzange. Jürgs Mutter war eben vom Coiffeur gekommen und fragte Jürg, wie ihm die Frisur gefalle. Hinterher in seinem Zimmer brach Jürg in Tränen aus; er hatte den Schulkameraden an die Brust genommen, seine Mutter sei eine Stiefmutter, die habe ihn verführt, dabei habe er seinen Vater sehr gern. Am andern Morgen war ihm Jürg ausgewichen, als er sich ihm näherte: Er wolle nichts mit einem Lügner zu tun haben, das mit der Tante sei nur Bluff gewesen.

Es kam ihm vor, als habe sich sein Leben um nichts anderes als um Wahrheit und Lüge gedreht, als gehe es angesichts des Todes nur noch um dieses Thema. Dabei hatte er die nie gemocht, die ein Leben lang von der Lüge profitierten, und wenn sie das Ende kommen fühlten, zur Wahrheit ausholten, all die Bekenner und Reumütigen, die im letzten Moment Geständnisse ablegten, ehrlich erst, wenn es eh nicht mehr drauf ankam und die Wahrheit ohne Konsequenzen blieb, und doch...

Aber was hatte es mit Wahrheit zu tun gehabt, wenn er mit Erich loszog. Der nahm zwar immer die Bahn, wenn er in der Stadt zu tun hatte, aber er hatte einen alten Austin zusammengebastelt, ein Wunder aus Bestandteilen; dieses Auto benutzte er, um draufloszufahren. Und sie fuhren an irgendeinem Abend oder am Samstag los – über den nächsten Hügel und ins übernächste Tal, wenn nicht kreuz dann quer oder einfach geradeaus, auf der Autobahn oder auf einer Erdstraße, durch Felder und Dörfer. Er war mit Erich unterwegs gewesen, ziellos und doch auf einer Straße, die immer irgendwohin führte und irgendwann zurück.

Und was hatte das mit Wahrheit zu tun, wenn er jemanden im Arm hielt oder im Arm gehalten wurde. Sicher konnte man einander beschwindeln und sich etwas vormachen. Aber wo war die Wahrheit, wenn er an einem Morgen noch einmal zum andern kroch und wünschte, daß es nie hell wurde.

Und hatte die Wahrheit mitgetanzt? Er liebte es, allein zu tanzen, nicht auf einer leeren Fläche. Während des Tanzes ein Gegenüber aufspüren und ein paar Schritte teilen, als unabdingbaren Partner nur die Musik, sich den Instrumenten fügend und eigene Kapriolen erfindend, ein Körper, in dem jeder Muskel mit jeder Bewegung zu Rhythmus wurde. Wenn er im Kino ein Musical oder einen Ballettfilm anschaute, mußte er sich beherrschen, daß die Füße nicht zu hüpfen und zu springen begannen. Manchmal hatte er den Computer, das Telefon, die Gegensprechanlage und alles, was sich sonst an seinem Arbeitsplatz befand, nur noch dazu benutzt, um darauf zu trommeln und einen Takt zu schlagen, auch Gegenstände wollte er tanzen lassen – so daß in den Garagen alle Autos rockten und man in den Aufzügen nicht ein Stockwerk drückte, sondern einen Beat. Was für Nummern bot er zu Hause vor dem Bildschirm; sein Charleston, der durfte sich sehen lassen, doch jedesmal lachte er auf, wenn er auf dem Spannteppich zu steppen versuchte.

Und inwiefern war die Wahrheit beteiligt, wenn er schwamm, das Wasser mit den Armen teilend und Beinschlag um Beinschlag vorwärtstreibend – das pfeilglatte Gleiten, das wilde Plätschern und das gezielte Kraulen. Vom Turm springen und den Moment des Auftauchens hinauszögern, das Schnappen nach Luft und das langsame Ausblasen des Atems, auf dem Rücken liegend, mit den Händen paddelnd, zwischen sich und dem Himmel nichts. Wo war die Lüge gewesen, wenn er in seinem Boot saß? In der einen

Hand die Leine und die andere auf dem Steuer, dem Wind ausgeliefert und mit seiner Hilfe die Segel dirigierend, die Augen geschlossen, die Brise genießend, hin und wieder ein Spritzer im Gesicht – und aufgescheucht vom Blinklicht am Ufer, das die Sturmwarnung durchgab.

Das war ein anderes Wasser gewesen als das, das der Regen herunterschüttete und durch den er gegangen war und der nicht aufzuhören schien, als stände er zur Verfügung, falls man ihn noch weiter bräuchte. Und da war ein anderer Wind gewesen als der, welcher die Ampeln herumwarf und jetzt die Läden peitschte. Das Küchenfenster schlug gegen den Rahmen; er stand nicht auf und wartete, bis die Scheibe wieder klirrte.

Wieso kam ihm jetzt seine Arbeit im Büro vor, als habe er nicht bloß Programme erklärt und Hotels gebucht, Exkursionen berechnet und Prozente ausgehandelt, Telex verschickt und herumtelefoniert, Fahrpläne konsultiert und Tickets und Vouchers ausgestellt; ihm war, als habe er an einem riesigen Schwindelnetz mitgearbeitet. Arrangements, das konnte einen ganz anderen Klang haben als »Zwei Wochen alles inbegriffen mit Halbpension«.

Er teilte mit seinen Kolleginnen und Kollegen den Routineblick für die Kunden, die sich wegen einer Geschäftsreise, einer Messe oder eines Kongresses persönlich erkundigten, die zwei Flugscheine bestellten, von denen aber nur der eine der Firma oder dem Institut in Rechnung gestellt werden sollte, die sich erkundigten, ob am gleichen Tag noch ein anderes Flugzeug gehe, und die ein Zweierzimmer reservierten, für die Differenz in bar aufkamen und nicht mit der Kreditkarte bezahlen wollten. Kunden, die manchmal auch mit ihren Gattinnen erschienen und, da diese Reise nicht auf Spesen ging, ein Hotel buchten mit einem Stern weniger.

Es war schließlich ein renommiertes Reisebüro und für seine Diskretion berühmt; er hatte immer wieder gestaunt, für wen alles sie sich diskret zu verhalten hatten. Nicht nur deswegen hatte er den Eindruck, er habe in einem Unternehmen gearbeitet, wo mit Illusionen gehandelt wurde, auch wenn alle Angebote reell waren. Offeriert wurde das Weggehen an einen Ort, wo die Kunden sich Mut erlaubten, den sie zu Hause nie aufgebracht hätten; es wurden Fremde und Ferne angeboten, von der die, die sich dafür entschieden, Dinge erwarteten, von denen sie nicht einmal ahnten, wie man von ihnen träumt. Und erst das Gros all derer, welche sparten, um es fünfzig Wochen auszuhalten, nachdem sie zwei Wochen in einem Luxushotel die soziale Leiter ein paar Sterne hinaufgeklettert waren: vierzehn Tage nach dem Frühstück klingeln und für den Rest des Jahres den Abwasch selber besorgen.

Was für ein Arrangement sie wohl für ihn als letztes treffen würden – ohne Pension, Sarg inbegriffen, keine Annullierung möglich. Last minute, das hörte sich auf einmal ganz anders an. Wenn er für den Abgang das eigene Zuhause buchte, mußte er Vorkehrungen treffen. Die Entscheidung müßte jemandem mitgeteilt werden. Ansonsten liegt er da, tagelang, bis der tote Single riecht. Tabletten hatte er sich besorgt. War es nicht dienlicher, per Ambulanz umzuziehen, in einem Betrieb zu sterben, in dem Exit zur Hausordnung gehört, nicht Ausgang bedeutet, sondern Abgang; man konnte überall nachhelfen.

Ihn befiel Müdigkeit, sie ergriff den Körper und nicht seine Gedanken; Beine und Arme wurden bleiern schwer. Auf dem Eisschrank die Packungen mit den Medikamenten. Daneben, zum Wegwerfen, Milch, Joghurt, Butter, etwas Käse und all das, dessen Verfallsdatum längst überschritten war. Er verspürte weder Hunger noch Appetit; er hatte ein Medikament genommen, die Magenkrämpfe hatten nachgelassen.

Doch im Gedächtnis drängten sich mehr und mehr Gesichter, lösten einander ab und gingen ineinander über, namenlose und solche mit Namen und Namen, die ihm nichts mehr sagten. Nicht nur das Bubengesicht von Kurt, die stechend blauen Augen hinter der Nickelbrille von Koch, die Locke, die Fredy in die Stirne hing, das Mondgesicht von Dieber, das eingedrückte Kinn von Monsieur.

Er hatte Monsieur am Schalter kennengelernt; der hatte das Stöcklein mit dem silbernen Knauf auf den Tisch gelegt. Er hieß Monsieur; das höchste Lob, das er jemandem spendete, lautete: »Un vrai monsieur.« Er hoffte, daß das Lob eines »wirklichen Herrn« auf ihn zurückfalle. Monsieur hatte sich wegen einer Reise nach Amsterdam erkundigt; als alles klar war, fragte er nach besonderen Möglichkeiten der »Freizeitgestaltung«; er empfahl Monsieur fürs erste »Amsterdam by night«, doch Monsieur deutete ein anderes Interesse an; er hatte vorerst gar nicht begriffen, worauf der Kunde hinauswollte.

Er war jedenfalls perplex, als Monsieur ihn nach drei Wochen anrief: Er möchte sich nicht nur telefonisch bedanken, sondern ihn zum Essen einladen. Dieber, der das Telefonat mitgekriegt hatte, war beeindruckt; er kannte Monsieur von

Fernsehauftritten her. Sie trafen sich in der Bar, in der sie sich auch zum letzten Mal sehen sollten. Sie aßen beim »Italiener«, wie Monsieur sagte, schon die Menükarte machte ihn verlegen, das war eine neue Erfahrung. Monsieur erzählte von Amsterdam: Von Museen, was für begnadete Maler die Holländer seien, jedoch keine Musiker, einer der ersten Völkerrechtler sei Niederländer gewesen, geborene Rebellen, ein erstaunlicher Protestantismus, der gegen sich selber rebelliert, wenn man bedenke, welche Freiheiten sie sich im Sexuellen herausnehmen, er habe mit soziologischem Interesse »Live-Shows« beigewohnt, was für prächtige Körper diese blonden Holländer besäßen, aber auch die schlanken Indonesier, »svelte«, fügte er hinzu; er beschloß seine Ausführungen gerne mit einem französischen Ausdruck. Nach dem Essen lud ihn Monsieur in sein »pied-à-terre« ein, eine Einzimmerwohnung, die Stadtwohnung, wie Monsieur erklärte, er wohne ja auf dem Land, über dem Bodensee, in einem Wasserschlößchen, das möchte er ihm einmal zeigen, er habe oft Studenten dort, er liebe das Gespräch mit jungen Männern, da liege etwas drin, was Frauen nicht böten.

Er wunderte sich, wie es hatte zu Intimitäten kommen können; Monsieur war über zwanzig Jahre älter, er hatte Ansätze zu einer Glatze und schien den Zahnarzt zu scheuen. Nein, Lust war das nicht gewesen, ihn hatte anderes gefangengenommen, doch waren Gefühle geweckt worden und nicht nur solche verlegener Dankbarkeit, dem andern zu geben, worum der bettelte.

Begann Monsieur zu erzählen, so veränderte sich vieles. Zu allem, was Tagesgespräch war, fügte er etwas hinzu, von dem man gemeinhin keine Ahnung hatte; er kannte so viele Leute persönlich. Oder er erzählte von Spanien, wo er studiert hatte, weshalb man ihn León rufe, León mit Akzent, der Löwe; er gestand, er wäre lieber Musiker geworden, Dirigent. Sie hörten Schallplatten und oft das gleiche Stück von verschiedenen Orchestern gespielt. Er gab ihm Bücher zum Lesen, und sie unterhielten sich darüber; er ging mit zu Vernissagen und begleitete Leo ins Theater. Und da Leo am Dienstag Vorlesungen hatte und dann in der Stadt übernachtete, reservierte er sich die Dienstagabende und freute sich darauf.

Er hatte mit Monsieur einen Mann kennengelernt, der an seiner Arbeit zweifeln konnte und der Momente lebte, in denen er alles verwarf, und der gerührt war, wenn man ihn an den Schultern faßte, und dem man das Alleinsein nicht nehmen, aber vermindern konnte, der aber andererseits...

Er war anfänglich geniert. Leo war verheiratet; er wußte nicht recht, als was er sich vorkommen sollte. Als Leo ihn aufs Schlößchen einlud, zögerte er vorerst. Aber Leos Frau holte ihn am Bahnhof ab; sie zeigte ihm den terrassierten Garten und die Wasserpflanzen; sie hatte in sein Zimmer eine Schale mit Früchten gestellt; sie hatten im Ambassadorensaal gesessen, wo der gestickte Stammbaum hing, die Seide leicht angefranst, an einem Ast Leos Name. Allerdings nahm Leos Frau nicht am Nachtessen teil, sie war zu einer Party im Tennisclub geladen; die könnte sich hinziehen, und spät nachts wollte sie nicht Auto fahren; so verbrachte sie die Nacht in einem der Gästezimmer des Clubs.

Hatte er nicht schon längst mitgespielt? Und wenn es ein unehrliches Spiel war, hatte er nicht längst mitgelogen? Woher plötzlich die Frage nach dem, was wahr gewesen war und was wahr sein könnte? War die Wahrheit so wichtig? Was, wenn das Zusammenleben nicht ohne einen Prozentsatz von Lügen geht? Und dennoch...

Wie rasch konnte aus Leo ein León werden; es mußte ihn nur jemand auf der Straße grüßen. Was Leo zuweilen in einem Gespräch sagte, entsprach nicht dem, was er in einem Interview von sich gab oder in der Zeitung schrieb. Von einem Moment auf den andern wurde er ein ›von Raabe‹ und setzte sein Monsieur-Gesicht auf. Er war verdutzt gewesen, als Monsieur ihn einem Bekannten, auf den sie zufällig gestoßen waren, als Neffen zweiten Grades vorstellte.

Hätte diese Beziehung nicht anders aufhören können? Was hätte damit schon aufgehört, verglichen mit dem, was jetzt zu Ende ging? Seine Nase floß, er fuhr mit dem Handballen unter ihr durch. Sollte die Hitze, die er spürte, schon das Fieber sein, und dieses der Vorbote einer Erkältung? Das Anzeichen einer Lungenentzündung, vor der er sich hüten sollte, wie es in der Broschüre hieß, die man ihm im Ambulatorium gegeben hatte.

Nach der Affäre mit Koch hatte ihn der Chef rufen lassen. Die Firma hatte einen anonymen Brief gekriegt, der auch ihn betraf; der Chef führte vor, zu was für üblen Anonymitäten Leute fähig seien, er zerriß das Papier vor seinen Augen und warf die Fetzen in den Papierkorb. Dann hielt er einen rosaroten Bändel in die Höhe: Ob er wisse, was das bedeutet? Sicher, das sei ein rosa Bändel, mit dem Homosexuelle in den KZ gekennzeichnet worden waren. Der Chef war erstaunt, er habe geglaubt, nur Juden seien in die Lager gekommen: »Und wie die andern vergast? Kriegten die

Angehörigen solcher Leute auch Wiedergutmachung? Aber es gibt in diesen Fällen wohl weniger Angehörige.«

Als er schon unter der Tür stand, meinte der Chef, man sollte vielleicht vorsichtiger sein, achtgeben, was für Kunden man anlocke. Er fragte zurück, ob seine Arbeit Anlaß zu Klagen gebe, und staunte über die Antwort. Der Chef sagte: »Sie waren doch früher öfters mit von Raabe zusammen«, er habe Monsieur, pardon, den Professor darauf angesprochen, daß er einen seiner jungen Mitarbeiter gut kenne, der Professor habe sich nett an ihn erinnert, nur eben bedauert, daß ... und daß er in seiner Stellung ... Sie verstehen, ein Mann wie von Raabe muß achtgeben, mit wem er sich zeigt. Der Chef hatte von Raabe auf einer Safari kennengelernt, die erste, welche das Reisebüro durchführte, »ein Hit des Jetsets«, wie es in der Klatschkolumne hieß; eine Boulevardzeitung hatte ausgerechnet, wieviel Kilo Elefantenfleisch auf jeden Teilnehmer entfielen. Er hatte auf einem Foto Leo mit einem Gewehr als Großwildjäger gesehen. Und der Chef fügte noch mit wissendem Lächeln hinzu: Dieser von Raabe sei ein Heimlichtuer, das würde man ihm nicht zutrauen, bei seinem Aussehen, aber »potz Gott«, wenn der mit seinen Weibergeschichten loslege, »un vrai monsieur«, ein richtiger »homme à femmes«.

Er stammelte nur, was von Raabe denn Genaueres gesagt habe, aber der Chef beruhigte ihn, man werde von Raabe kaum als Kunden verlieren. Aufgewühlt ging er an seinen Arbeitsplatz zurück. Dieber merkte gleich, daß etwas los war, bohrte und erkundigte sich auch, ob das mit von Raabe zu tun habe, er müsse für ihn ein Arrangement buchen, Kopenhagen »mit besonderen Angeboten«. An seinem Arbeitsplatz fand er einen rosa Bändel, um den Kalender gewickelt, und Dieber fragte, was er feiere.

Wenn er erzählen würde, was war und auch was mit Monsieur und ihm los war. Wenn er jetzt auspackte, was gewänne er, wäre er was anderes als ein Miesmacher. Eben war in der Zeitung (»das Gesicht der Woche«) ein Foto von Monsieur mit Frau und Hund erschienen, irgendein runder Hochzeitstag. Was hatten die privaten Dinge schon mit der Arbeit von Raabes zu tun. Aber andererseits: Drehte sich die Wahrheit nicht gerade um Privates, wenn er daran dachte, daß die Firma ihn weg vom Fenster haben wollte. Wenn man beim Küssen log, log man auch bei der Arbeit? Nur, was immer er über ihre Beziehung vorgebracht hätte, es hätte unglaubwürdig gewirkt, die Wahrscheinlichkeit sprach gegen ihn, Argument und Absprache waren stärker, als was er gelebt hatte; er spürte, wie er zum Lügner wird, indem er sagt, wie es war.

Und doch – einen Menschen hatte er gekannt, dem hätte er alles erzählen können, ohne daß es zum Lügen gekommen wäre: Erich. Aber er hatte ihm nichts erzählt, er werde ihn schon einweihen, einmal, später, hatte er ihn vertröstet, und als er ihm sagte, er werde nach New York versetzt, hatte Erich gestrahlt, sie würden drüben losziehen, »on the road«, mit einem Oldtimer.

Als ihm der Chef vorgeschlagen hatte, in die New Yorker Filiale überzuwechseln, hatte er ohne Zögern zugesagt. Es war ihm klar, daß er abgestellt wurde; denn die amerikanische Agentur war eben von jemandem übernommen worden, der nur ein paar Jahre älter war. Und die Abteilung »Individualreisen«, mit deren Ausbau er betreut worden war, wurde an Dieber weitergegeben: ein »junger dynamischer Mann«. Als er ihm einige Unterlagen aushändigte, sagte dieser beiläufig, übers Wochenende habe von Raabe ihn aufs Schlößchen eingeladen, er werde den Professor am nächsten Dienstagabend sehen, ob der »Italiener« ein gutes Restaurant sei? Und indem er auf seinen Haarschopf zeigte: »Der steht doch auf aschblond?«, und etwas leiser: »Auf arschblond?«, er werde fürs erste Rendezvous seine Freundin mitnehmen, man müsse bei einem »Monsieur« wie von Raabe auf dessen Stellung Rücksicht nehmen.

Er hatte noch am gleichen Abend die Wohnung gekündigt und sich ans Packen gemacht, bis ihm auffiel, wie sinnlos er Sachen zusammenstellte. Er hatte um Ferien nachgesucht und wollte eine Woche anhängen, die man ihm zugestand, damit er sich in New York wegen einer Wohngelegenheit umsehen könne; die Firma hatte ihm ein Charterticket geschenkt. So waren Erich und er fast gleichzeitig weggefahren. Wenn Erich sein Programm einhielt, war der jetzt irgendwo in den peruanischen Anden mit der Eisenbahn unterwegs oder wartete vielleicht schon am Oberlauf des Amazonas aufs Postschiff.

Er hatte ja auch Erich am Schalter kennengelernt. Der junge Mann hatte lachend in die Tasche gegriffen und ein Bündel Scheine auf den Tisch gelegt, damit wolle er so weit und so lange wie möglich weg, was für Angebote es dafür gebe; er erkundigte sich, ob man auf Martinique ein Motorrad mieten könne und ob es irgendeinen *timetable* gebe für den Schiffsverkehr zwischen den Antillen, den Kleinen und den Großen. Er mußte dem jungen Kunden erklären, er konsultiere die falsche Agentur, er könne ihm Kreuzfahrten bieten, da werde er sein Geld auch los, komme aber nicht so weit herum, es sei denn, er wandere gerne von Deck zu Deck. Er versprach, ihm zu den notwendigen Informationen zu verhelfen, das könne er nur außerhalb seiner Arbeitszeit; so traf er Erich am Abend und vermittelte ihm eine Graumarkt-Liste von Flugtarifen.

Erich schrieb Postkarten (»Auf dem vierten Lama links mein Rucksack«, »Wie transportierten die ohne Rad solche Quadersteine« oder »Zum ersten Mal wegen Pisco besoffen«). Und eines Nachmittags stand er wieder im Geschäft, braungebrannt und unrasiert; er war von Luxemburg durchgefahren, den Rucksack über der einen Schulter. Die Kollegen stupften sich, und Dieber meinte, man müsse achtgeben, was für Kunden angezogen würden, er verstehe von Raabe immer besser. Erich strahlte und legte Fahrpläne lokaler Fluglinien auf den Tisch und Angaben von Busverbindungen, »wer weiß für wen«, und wieder verabredeten sie sich nach Büroschluß.

Als er Erich zum ersten Mal zu sich einlud, stürzte sich dieser auf die Bildbände; wenn er etwas kaufte, waren es Fotobücher. Er besaß eine Reihe Land-und-Leute-Publikationen für seine Reisen im Fauteuil. Erich konnte nicht aufhören, darin zu blättern, und hielt immer wieder inne; das müßte man in Natur sehen. Sie hatten auch davon gesprochen, einmal zusammen wegzufahren, aber Erich ging für Monate auf Reisen und arbeitete derzeit wieder in einem Großversand, bis er genügend Geld zusammenhatte. Als sie einmal zu dritt kochten, hatte die Freundin von Erich protestiert, sie möge nicht monatelang zu Hause sitzen.

Und einmal hatte Erich bei ihm übernachtet. Als er aus

der Dusche kam, sich aus dem Badetuch wickelte und sich neben ihn legte, war er so erregt gewesen, daß er sich Erich nur verlegen genähert hatte. Erich lag da, ohne zu reagieren, er ließ sich streicheln, sein Körper antwortete nicht, er hörte, wie angestrengt Erich atmete; er hatte es bleiben lassen. Als er ihm – »Schlaf wohl« – den Rücken zudrehte, hatte Erich von hinten eine Hand auf seine Brust gelegt, er hatte sie in die seine genommen und gehalten, als er noch wach lag und Erich längst schlief.

Wenn er jemanden noch einmal gerne getroffen hätte, dann Erich. Aber es war wohl besser, daß dieser nicht sah, wie ihm die Augen einfielen und die Haut fleckig wurde. Wie rasch das alles gegangen war, vom Handrücken lappte Haut, und in den Falten der Nasenflügel waren Schuppen auszumachen. Wenn Erich zurückkam, würde er den Brief finden und sich wundern, daß darin die Quittung für den Erwerb des Sekretärs steckte – sein liebstes Möbelstück, das erste, das er mit eigenem Geld gekauft hatte, wollte er Erich vermachen; mit einer Kaufquittung konnte ihm niemand das Geschenk streitig machen. Erich würde auch das Paket vorfinden mit dem Kleber »Achtung zerbrechlich«: ein Drache mit fünfunddreißig Augen. Er wird ihn bitten, den Drachen steigen zu lassen. Sofern es einen Himmel gibt und sofern er Einlaß findet und sei's nur auf der schwulen Wolke, wird er von oben auf die fünfunddreißig Augen schauen.

Er hatte sich in New York in einigen Hotels nach Apartments umgesehen, und er hatte eines gefunden, das ihm gepaßt hätte; er war auch mit ein paar Schweizern zusammengewesen, die ihn gleich duzten und sich einmal in der Woche zu einer Suppe trafen, ein Jodelabend, ohne daß gejodelt wurde. Doch dann hatte er die Wohnungssuche bleiben lassen und sich herumgetrieben, hatte schon um Mittag Pornokinos aufgesucht, in denen man sich in Nebenräume verzog, er hatte sich in Saunas verkrochen und war auch zum Übernachten nicht mehr ins Hotel zurückgegangen, so daß er dort vorausbezahlen mußte. Er hatte die Einladung vom Agenturchef unberücksichtigt gelassen. Zwischen allen Zufallsbekanntschaften war Raimundo an einer Straßenecke aufgetaucht. Mit dem zog er los, und der brachte ihn zu den Bars unten bei den Docks; sie kamen erst heraus, wenn bei Tagesanbruch die Fleischer im Lager gegenüber blutige Rinderhälften in die Lastwagen luden. Raimundo besaß, was er am Leib hatte. Sie fuhren rund um Manhattan mit dem Sightseeing-Boot und suchten das erstbeste Kino auf, um zwischendurch auszuruhen. Wenn er Raimundo fragte, wo er wohne, nannte der jedesmal eine andere Adresse, von Downtown bis zur hundertachtzigsten Straße, und als er ihn fragte, was er mache, lachte er; sein Arbeitsplatz sei der Central Park, er sei Drachenbauer. Eines Abends drückte Raimundo ihm einen Drachen in die Hand, blaues Packpapier, und als er fragte: »Wieso fünfunddreißig Augen«, meinte Raimundo: »Weil sechsunddreißig nicht Platz hatten. Ein Geschenk.« Es war eines zum Abschied.

Hatte der Tod dunkle Augen wie Raimundo und um den Mund zwei Grübchen. Glänzte das Gesicht des Todes tiefschwarz, weiß die Pupillen, weiß die Zähne und rot die Wulstlippen. Blonder Flaum am Kinn statt eines Dreitagebarts. Die Augen mandelförmig oder zwei Schlitze. Abstehende Backenknochen und die Stirne zerfurcht. Eingefallen die Wangen oder pausbäckig. Die Nase ein Höcker, ein Haken, Adler oder Stups. Duftete das Gesicht nach Aftershave, und nicht nach Schweiß oder Knoblauch. Oder hatte das Gesicht des Todes einen schiefen Mund, graublaue Augen und ein Muttermal neben dem linken Mundwinkel, auf der linken Stirnseite eine Narbe – ein Gesicht, das der Spiegel zeigte, wenn er hineinblickte. Sollte der Tod sich seines Gesichtes bedienen, oder hatte dieser es bereits benutzt, ohne daß er es ahnte? Er hatte seinem Todesgesicht im Spiegel die Zunge herausgestreckt, dabei hatte er festgestellt: weiße Flecken auf der Mundschleimhaut.

Er hatte sich vorerst in der Abteilung »chemistry« des Supermarktes umgesehen wegen einer Hautcreme; das Jucken blieb. Und vor allem der Schwindel, obwohl er nichts getrunken hatte; eine ruckartige Bewegung, und alles schwarz vor den Augen. Er war über einen Randstein fast in ein Auto gestolpert, ein bohrendes Kopfweh, das nicht verging, und im Magen ein flaues Gefühl. Er wollte nach Zürich zurück, kaufte sich ein Ticket und ließ den Charterflug verfallen. Merkwürdig die Schwellungen in den Achselhöhlen und am Hals, aber weh tat dies nicht. Doch dann hielt er sich an Carlo, einen Barkeeper, der schnappte vieles auf und darunter auch Nützliches wie Adressen: »Du hast auch Gerhard gekannt. Doch, doch. Das Model. Zuletzt tauchte er auf mit Skimütze, Radmantel und Sonnenbrille. Bei seinem Hautausschlag brauchte er sich nicht mehr tätowieren zu lassen. Der wollte noch ein Darlehen aufnehmen und wunderte sich, daß ihm keine Bank eines gewährte.«

»Hilfsstelle« – eine renovierte Backsteinfabrik, wo auf dem gleichen Stockwerk auch eine Galerie untergebracht war. Das Ambulatorium, eine städtische Klinik, die anonyme Tests garantierte, allerdings mit Meldepflicht nach Bern wegen der Statistik, aber ohne Namen. Die Ärztin nahm Blut- und Urinproben: nach fünf Tagen wieder vorbeikommen. Er nutzte die Zeit, um Liegengebliebenes zu erledigen: eine Gruppenreise nach Lourdes in rollstuhlfreundlichen Eisenbahnwagen, eine Beschwerde wegen Kakerlaken im Badezimmer eines Hotels auf Kreta und Kalkulationen von Packagetouren ins Tirol.

Als er wieder vorsprach, bedeutete man ihm beim Empfang, man werde einen zweiten Test vornehmen, um ganz sicher zu gehen, das zweite Mal nach einer anderen Methode, nicht ELISA, wie bei der ersten Untersuchung. Bevor er ins Büro zurückkehrte, setzte er sich auf eine Bank beim Parkplatz der Fernbusse. Er sah zu, wie sie den Bus nach Istanbul beluden, und er mußte auflachen. Elisa. So hatte ein Mädchen in der ersten Schulklasse geheißen. Alle hatten Spaß an ihr gehabt. Sie machte keine drei Schritte, ohne daß sie hüpfte, sie hüpfte auch beim Lesen, ließ ein paar Worte aus und hüpfte über alle Satzzeichen hinweg, sie hüpfte auch beim Rechnen und ließ sich von keiner Zahl daran hindern. Wenn er auf dem Schulweg hinter ihr herging, hüpften ihre zwei Zöpfe auf dem Papptornister; sie hatte ihm versprochen, sie werde ihm einmal zeigen, was alles darin klapperte. Aber dazu war es nicht gekommen. Schon nach ein paar Wochen vernahm man, sie sei mit ihrer Familie verreist, abgeschoben, wie der Lehrer sagte, sie sei nicht von hier gewesen. Und nun kehrte Elisa zurück und bestand nur noch aus Anfangsbuchstaben, wie dem Merkblatt zu entnehmen war: *E*nzyme-*L*inked *I*mmuno*s*orbent *A*ssay. Ob sie jetzt zeigte, was damals in ihrem Papptornister hüpfte?

Als die Ärztin ihm das definitive Ergebnis mitteilte, bat sie ihn, gegenüber Platz zu nehmen. Sie begann mit dem Wort »Schicksal«: Infiziert heiße noch nicht, daß die Krankheit ausbricht. Allerdings: Sie müsse offen sein, es seien eindeutige Symptome festzustellen, sein Körper produziere keine Abwehrstoffe mehr, nicht genügend, in einem solchen Falle müsse man einen frühen Tod in Betracht ziehen, wenn nicht streng therapeutisch gelebt werde, schon die geringste Erkältung könnte fatal sein – »alles, nur keine Lungenentzündung«.

Er war danach drauflosgebummelt. An der Autowaschanlage vorbei, »Keine Bürsten. Keine Kratzer«. Vor einem »Flohladen« ein altes Kinderbett, in einer Hutschachtel antiquarische Bücher und über dem Secondhand-Pelz am Ständer, was er schon lange nicht mehr gerochen hatte, Mottenkugeln. Plakate, die zu einer afrikanischen Big Party einluden. Er überlegte, ob er in den Park hinüberwechseln sollte, zum Wehr, wo er als Kind oft ins fallende Wasser geschaut hatte, so lange, bis es ihm vor den Augen zu verschwimmen begann. Aber dann machte er auf der Brücke dem Hundehalter Platz und ging zurück. Warum sich nicht nach rechts halten, um die Ecke, am Laden vorbei, wo im Aushang eine Schweizerfahne hing. Er blieb vor einem Früchtestand stehen, besah sich die Körbe, ohne was kaufen zu wollen, und dachte laut vor sich hin: »Granatapfel – das hast du auch noch nie gegessen.«

Er setzte sich in ein Boulevard-Café. Ihm schien, als lösten sich die Gegenstände auf; es hätte ihn nicht überrascht, wenn die Häuserfronten weggeschoben worden wären und andere Kulissen an ihre Stelle gerückt, ein Szenenwechsel, dem andere folgten und von denen keiner zählte. »Positiv«, was für ein Wort. Waren das lauter Negative, die jetzt bei Rotlicht stehenblieben? Er bezahlte, ohne zu konsumieren. Er ließ sich treiben, ging mit im Strom, ihm war, als gehöre er dazu. Er stand schon vor der Haustür, als er merkte, daß er im Café das Merkblatt hatte liegenlassen, das man ihm im Ambulatorium mitgegeben hatte; gerne hätte er nachgelesen, was »palliative Pflege« bedeutet.

Ein Körper, der sich nicht mehr wehrt – er hätte nie den Mut gehabt, von sich aus radikal »nein« zu sagen. Nun stand ihm der eigene Körper bei, mit dem er geliebt und getanzt hatte und mit dem er geschwommen war. Was für ein Angebot – ein befreiendes Gefühl, daß alles um ihn und er sich selber bald nichts mehr anging.

Es hatte ihn einen Moment lang gelockt, Monsieur aufzusuchen, ihm einen tiefen Zungenkuß zu geben – nein, der hätte nicht genügt, wie er in einer Broschüre gelesen hatte. Im Speichel war die Konzentration gering wie in den Tränen. Weinen war so wenig ansteckend wie Tränentrocknen. Statt dessen ein Dracula-Kuß, damit Blut fließt und dieses sich mit dem eigenen verseuchten mischt. Nicht nur mit Monsieur, auch mit Dieber Blutsbrüderschaft feiern und mit Koch und wer weiß mit wem, es gäbe da noch einige. Aufbruch zum langen Marsch, an allen Eingängen vorbei und aus allen Orten hinaus. Er voran und hinter ihm die übrigen, in Einer-Kolonne, da jeder mit seinen Pusteln im Gesicht dem Blick der andern ausweicht und wegen des Befalls der Mundhöhle immer stiller wird. Er führt die Parade an – trotz ausgeprägter Müdigkeit und trotz des häufigen Anhaltens wegen des Durchfalls. Ein langer Marsch, auf dem das Frischgedächtnis von Ereignis zu Ereignis nachläßt und die Netzhaut abblättert, und da das Gleichgewicht gestört ist, ein torkelnder Marsch, auf dem der Körper Pfund um Pfund verliert, bis das letzte Fleisch von den Knochen fällt.

Doch gleich verwarf er das Gedankenspiel, küssender Todesbote zu werden. Warum sollte er sie mit in den Tod nehmen, suchte er nicht einen Tod, der von ihnen und von allem wegführt. Er war bereit, an allem zu sterben, nur nicht an seiner Liebe.

Wie gleichgültig wurde, was wahr war und was nicht – und doch…

Ja, er war hinausgegangen, nicht um einen Todeskuß zu verteilen, sondern um vom Tod geküßt zu werden. Menschenleer die Straßen zu später Stunde in einer stürmischen Herbstnacht. Nur in Hemd und Hosen unterwegs. Ein Wind, der ihm den Regen ins Gesicht schlug. Er ging Richtung Fraumünster. Im Schmuckgeschäft ging die Beleuchtung aus, die Silberschalen verloren ihren Glanz. Zum Reiterdenkmal mit dem Bürgermeister, den sie geköpft hatten, fiel ihm eine Jahreszahl ein, auch für die beiden Türme des Großmünsters auf der andern Uferseite. Bevor er in die Firma eingetreten war, hatte er für den Verkehrsverein bei Stadtbesichtigungen als Fremdenführer gewirkt; so konnte er angeben, wann das Land am See aufgeschüttet worden war und was der Quadratmeter an der Bahnhofstraße kostete. Als sei er noch einmal als Guide tätig, nur daß er sich selber vorführte, was es zu sehen gab und was er bald nicht mehr sehen würde; der Fremde, dem er seine Stadt zeigte, war er selber. Er ging an der Badeanstalt vorbei zum See und dort über die Quai-Brücke. Die Drahtseile klirrten an den unbeflaggten Masten. Auf dem See ein Boot, losgerissen, die Ruder eingehängt, es trieb gegen einen Brückenpfeiler. Alle Ampeln auf gelb. An der Hauswand gegenüber eine Reihe von Kinoplakaten. Im geisternden Licht der Straßenlaterne stürzte für einen aufzuckenden Moment ein Poster-Flugzeug in die Tiefe. Der Wind zerrte an den Planen des Kioskmobils, die Schiefertafel am Boden, verwaschen die Kreideschrift mit den Preisen für Drinks und Sandwiches. Er wäre beinahe ausgeglitten, das Laub lag dicht und glitschig. Vereinzelt noch Blätter an den Ästen. Als er sich ans Geländer lehnte und in den Fluß hinunter schaute, hörte er, wie ein Taxi hupte. Der Chauffeur hatte die Scheibe heruntergekurbelt und bereits die Hintertür von innen aufgemacht. Er winkte ab. Er blieb im Regen stehen, das Wasser floß hinterm Kragen in den Nacken, und die Hosen klebten an den Schenkeln; er war in einen Tümpel getreten, so daß es in den Schuhen quietschte. Die angeketteten Tische und Stühle vor dem Café gegenüber ächzten. Unter den Arkaden vereinzelte Tropfen, die gegen den Glaseingang klatschten. Er versuchte durchzuschnaufen, aber sein Atem hatte Not, die Brust fühlte sich eingeengt. Mit dem ersten Schritt ins Freie gab er keuchend sein Gesicht einem heulenden Wind hin, der Papierfetzen aufwirbelte, ein Windstoß fuhr ihm unters Hemd und ließ ihn schaudern. Ein langes trockenes Husten. Und wieder dem Regen ausgeliefert auf der Brücke. Die Kirchturmuhr im Nebel, als hänge die Zeit mit Zifferblatt und Zeiger in der Luft.

Und nun in der Küche, durchnäßt, über ein Frottiertuch streichelnd, ihn schüttelte ein Frost. In seinem Innern breitete sich wohlig-fiebrige Wärme aus.

Ein Mini-Krimi

Der Hauswart lächelt

Seitdem er entschlossen war, die Tat zu begehen, sammelte er jede Nachricht von Mord und Totschlag. Die letzte Neuigkeit hatte von einem gehandelt, der arbeitete mit einem Bestattungsinstitut zusammen, das ihm pro Sargkunde eine Beteiligung aussetzte; der Handlungsreisende suchte seine Opfer sorgfältig aus, möglichst Leute der gehobenen Klasse, gewöhnlich Alleinstehende, deren Hinterbliebene sich eine gediegene Bestattung der höheren Preisklasse leisteten.

Nein, diese amerikanische Kombination kam für ihn nicht in Frage. Schon deswegen nicht, weil es in Zürich keine privaten Bestattungsinstitute gab. Was von privater Seite an Sterbevorsorge angeboten wurde, kümmerte ihn so wenig wie die Überführung von Verstorbenen außerhalb der Bürozeit. Beerdigungen, das besorgte eine Amtsstelle; da kannte er sich aus, er hatte schließlich die Bestattung seiner Frau mutterseelenallein besorgt, was der Schwägerin hinten und vorn nicht gepaßt hatte und worüber sie noch lange allerlei Munkeleien herumbot.

Ob der Mann, auf den er es abgesehen hatte, in einem Holzsarg der günstigen Kategorie oder in einem mit Eisenbeschlägen auf den Friedhof transportiert wurde, war ihm gleichgültig – egal, ob Lilie oder durchbohrtes Herz als Schmuck. Ausschlaggebend war der Ein-Weg-Gang.

Am besten dafür sorgen, daß keine Leiche gefunden wird. Das Beiseiteschaffen schien risikoreicher und beschwerlicher als das Erledigen selber. Sich nur nicht verhaspeln, wie dies der italienische Kanalarbeiter getan hatte. Allen war klar, daß er der Täter war, aber keine Spur von der Leiche des Arbeitskollegen, dem Liebhaber seiner Frau. Auch nichts in der Laube, wo die beiden zum letzten Mal bei einem Glas Chianti gesehen worden waren. Lediglich ein blutiger Spaten (»ich habe auf Ratten eingeschlagen«). Als ob man nicht Blut und Blutgruppen untersuchen könnte, Menschenblut und Rattenblut, da gab es Unterschiede, obgleich – konnte man mit Rattengift nicht auch Menschen beseitigen? Irgendeine Verwandtschaft mußte bestehen. Jedenfalls buddelten sie im Schrebergarten, bis der Ausschuß der Familiengärten Pro Floribus protestierte, da die Polizei in den Nachbarbeeten zu graben angefangen hatte, und dies, nachdem gerade die Frühlingssetzlinge gepflanzt worden waren. Auch unter dem Kaninchenstall war nichts zu finden; was als Knochen ausgegraben wurde, gehörte einem Hund; der Schäfer riß sich von der Leine los und fiel den Polizisten an, der eben dabei war, den saubergepinselten Knochen fürs Labor in einen Plastikbeutel zu stecken.

So weit wollte er es gar nicht kommen lassen, wie dieser Italiener in Untersuchungshaft genommen zu werden. Wie war's doch schon wieder mit dem Jogger? Der hatte beim Liegestützmachen am Wanderweg einen Schädel gefunden, der schon ziemlich mitgenommen war von den Ameisen. Man vermutete, er stamme aus dem nahen Waldfriedhof, aber wie gelangt ein Totenkopf über die Mauer auf den Sportplatz »Trimm dich«? Oder sollte der Totenkopf gar aus dem benachbarten Zoo stammen, wo der Körperrest längst in Raubtierkäfigen verdaut worden war? Warum sollte ausgerechnet ein Kopf übrigbleiben? Ein einzelner Schädel – galt das als Leiche? Wenn er an die Immobilienfirma dachte, für die er als Hauswart arbeitete – da liefen einige kopflos herum und waren deswegen noch lange nicht von der Lohnliste gestrichen worden.

Eines stand fest: Zerstückeln wird er nicht. Auf keinen Fall. Sein Bruder, eigentlich die Schwägerin, betreute in einem Blutwurst-Club die Kasse. Nie hätte er geglaubt, daß es so verschiedene Blutwürste gab, er dachte immer, Sau ist Sau; aber es gab Blutwürste mit Reis drin wie in Ungarn und sogar weiße, was den Ehrenpräsidenten der Metzgerzunft beim Jahrestreffen zu dem Witz veranlaßt hatte, die seien aus weißen Blutkörperchen gemacht, »boudin«, oder wie die auf französisch hießen. Wenn's sein mußte, schlug er bei einer Schlachtplatte zu; es mußten Blutwürste mit Rahm sein, scharf gewürzt, im echten Schweinsdarm; er durfte sich beim Essen einfach nicht vorstellen, wie das spritzt, wenn die Sau abgestochen wird.

Gräßlich, wie einige vorgingen. Mit einer Motorsäge das Skelett durchtrennen. So was hätte den Nachbarn auffallen müssen; die dachten, da betreibt einer *do it yourself*, was er im Grunde auch tat. Mit einem Küchenmesser transportable Größen zurechtschneiden. Gab es da nicht einen andern, der Pakete mit Leichenteilen an Adressen von Frauen schickte, die er in der Nacht zuvor von einer Telefonkabine aus belästigt hatte? Wieder ein anderer zerteilte seine Opfer und versenkte sie in Schuhschachteln im See und fuhr dafür mit dem Pedalo bis zur Seemitte. Man war ihm erst auf die

Spur gekommen, als ein Wanderschuh-Karton im Nichtschwimmerbecken einer Badeanstalt auftauchte, wo eine Schulklasse Tauchen übte und Schatzsuchen spielte.

Diese Typen waren geradezu heilig, verglichen mit dem, der die Leichenteile im Eisschrank aufbewahrte. Der aß den Menschen auf, den er umgebracht hatte, Portion um Portion und hörte dazu Volksmusik. Dabei sah der junge Mann sympathisch aus, sportlich, jemand, mit dem man sich ohne weiteres an den gleichen Tisch gesetzt hätte, ein Ideal von Schwiegersohn. Der Eisschrank war abgebildet: leer. Voll hatte ihn die Polizei für die Presse nicht freigegeben. Ein Eisschrank genau wie seiner. Ob der auch so penetrant schaltete? Das hätte er nicht ausgehalten; das wäre gewesen, als ob bei jedem Umschalten der Tote mitstöhnte.

Nein, wenn er auf etwas keine Lust verspürte, dann auf den, den er zu liquidieren gedachte. So einladend war nicht, was an Essensresten an seinem Schnurrbart klebte. Und schon gar nicht appetitlich war Schneebeli, wenn er sein Lächeln aufsetzte.

Natürlich hatten sie den Eisschrank-Mörder für unzurechnungsfähig erklärt. So was wollte er sich nicht gefallen lassen; man brauchte nicht zu spinnen, nur weil man Schneebeli wegräumte. Im Gegenteil, dazu brauchte es einen klaren Kopf.

Nein, er hatte auch nichts für Serienmörder übrig; aber *einen* Mord, einen richtigen, den gestand er sich zu.

Natürlich hatte er sich gleich *Ich tat's* gekauft, obwohl er sonst für Bücher und derartiges kein Geld ausgab. Sehr aufregend waren die *Erinnerungen einer gläubigen Krankenschwester* nicht gewesen. Immerhin – sie hatte über hundert Patienten »das Tor ins Jenseits« geöffnet, wie sie, ein Mitglied der Freikirche »Militantes Hosianna«, gestand. Sie hatte Verdacht erregt, weil sie sich, kaum hatte der Arzt den Totenschein ausgestellt, vordrängte, um die Toten mit Gesang und Gebet »hinüberzugeleiten«. Ihre Bekenntnisschrift hatte er studiert. Abwechslungsreich waren ihre Methoden nicht, sie waren professionell gebunden; sie kamen für ihn nicht in Frage: Weder Überdosis noch besondere Injektionen. Sie hatte getan, was er aus Filmen kannte, wo sich der Täter in die Intensivstation einschleicht, um am Beatmungsapparat den Hahn zuzudrehen, und er dafür gewöhnlich in einen weißen Arzt- oder Pflegerkittel schlüpft. Die letzte Erinnerung an seine Frau war die, wie sie am Tropf hing: Schläuche, lauter Schläuche, im Mund, in der Nase und am Arm. Komisch – das, was sich als Fleisch unterm Spitalhemd abzeichnete, hatte er einmal begehrt.

Schockierend war, daß Schwester Carmelas Tätigkeit in der Schweiz möglich war, in einem Bezirksspital, an einem Ort, der für die Erhaltung des Ortsbildes ausgezeichnet worden war, mit einer Gnadenkapelle aus der Reformationszeit, deren übertünchte Heiligenbilder wieder hervorgeholt wurden dank eines Abzeichenverkaufs. Dort gab es das schönste Wirtshausschild eines Ochsen; dort hatte sein Sohn Hochzeit gefeiert, und dort war es zum ersten Ehekrach gekommen, weil die Braut nicht tanzen wollte, da dies einem Baby im Sechsten nicht bekomme. Das Hochzeitskleid war aus den Nähten geplatzt, auch ohne daß sie tanzte; zum Glück hatte sie einen Schleier zum Zudecken.

Gut, daß es noch Länder mit Todesstrafe gab. Er war für die humanere Art, nicht für den elektrischen Stuhl, sondern für die Todesspritze. Wie rasch das wirkt, hatte er erlebt, als sie Bella einschläferten, nachdem die Hündin unters Auto gekommen war, auf drei Beinen humpelte, nur noch dalag und an ihren Zitzen leckte. Ginge es nach ihm, würde man dem Verurteilten, ohne daß dieser das Datum kannte, das Gift ins Essen oder ins Getränk tun. Auf diese Weise könnte man ihm die schrecklich schlaflose Nacht vor der Hinrichtung ersparen.

Bei Gift kannte er sich aus. Allein schon wegen der verstopften Abläufe und Ausgüsse. Denen kam er nicht immer mit Stocherdraht und Kralle bei. Da brauchte es, was man im Fachblatt *Für den Hauswart von heute* Klistier nannte: Chemie im täglichen Haushalt. Mittel, die Dämpfe entwickelten, welche einem in die Augen gingen. Mittel bis Klasse vier, für die man in der Drogerie einen Giftschein unterschrieb. Als Hauswart war er unverdächtig, wenn er sich mit Produkten verschiedener Giftklassen eindeckte. Zum Beispiel mit Frostschutz, den seine Frau im Süßmost nicht gemerkt hatte.

Aber Gift kam bei diesem Schneebeli kaum in Frage. Wie sollte er es ihm verabreichen? Ihn zu einem Drink einladen, und dann? Was, wenn er ihm neben dem Stuhl zusammensackte, das Glas noch in der Hand? Ein Gift, das sogleich wirkte oder bei der Obduktion leicht festzustellen war, tat ihm keinen Dienst. Er hatte in einer Fernsehsendung »Völker wie wir« vernommen, daß Indianer Gifte kennen, die erst Wochen später ihre Wirkung tun. Das wär's gewesen. Aber wo holte er den Indianer her? Wenn schon, wäre ein Vorgehen in kleinen Schritten sinnvoll, jeden Tag ein bißchen in den Kaffee, und dies über Monate. Das eignete sich eher für Morden im engeren Familienkreis; wenn eine Ehe sich über Jahrzehnte hinzog, konnte man sich fürs Umbringen Zeit nehmen. Nur war mit Nebenwirkungen zu rechnen wie etwa mit Erblinden. Das hatte auch die letzten Wochen mit seiner Frau so umständlich gemacht, von ihrem Haarausfall nicht zu reden. Und erst, wie sich ihre Haut verfärbte; gegen dieses Pergament half keine Creme, was auch immer die am Fernsehen einem vormachten.

Natürlich las er ausführlich, was über die Pakistanin berichtet wurde, die als Waisenkind in die Schweiz gekommen war und die mit ihrem Liebhaber ihren Mann vergiftete. Sie hatte Pilze gesammelt und sich, wie ungeschickt, bei der amtlichen Kontrollstelle beraten lassen, welche giftig waren und was für Wirkungen sie im menschlichen Körper zeitigten, kein Wunder, daß der Pilzexperte als Zeuge im Prozeß auftrat.

Die Gewalt nahm zu. Selbst auf dem Friedhof Entreiß-Diebstähle. Alte Frauen, die vor irgendeinem Grab trauerten, wurden überfallen und um ihre Handtaschen gebracht. Andererseits mußte man sich wiederum vor Witwen hüten wie vor jener, die per Heiratsanzeigen »einsame Herzen« suchte und mit den Frischvermählten (»da naturliebend«) auf Bergwanderungen ging, noch rüstig keinen Saumpfad scheuend, von wo man leicht in Tobel und Schlucht stürzte. Selbst Großmüttern war er in der Rubrik »Unglücksfälle und Verbrechen« begegnet. Daß eine Kurierdienste für einen albanischen Drogenboß leistete, war nur entdeckt worden, weil auf dem Spielplatz – dem Umschlagplatz – die Rassel ihres Enkelkinds nicht erklang; sie war mit Kokainsäcklein angefüllt.

Er selber war vor kurzem Zeuge gewesen, wie beim Eingang zum Supermarkt an einem heiterhellen Nachmittag eine alte Frau niedergeschlagen wurde. Beim Sturz hatte sie dem Einkaufswagen einen Stoß versetzt, so daß der über den Vorplatz rollte, bis er kippte und alle Lebensmittel am Straßenrand lagen. Über sie machten sich gleich einige her, was der Mann vom Sicherheitsdienst nicht verhindern konnte. Ehe dieser nämlich realisierte, was geschehen war, hatten sich die Räuber davongemacht. Das waren bestimmt dunkelhäutige Jugendliche, was niemanden erstaunte, auch nicht die Jugoslawin an der Kasse, obwohl die nach sieben Jahren noch immer nicht richtig Schweizerdeutsch sprach.

Da hatte man dem Lehrer den Rohrstock weggenommen; nun waren es die Schüler, die den Lehrer verprügelten. Nach einer geheimen Untersuchung standen in Zürich unter den gefährlichen Orten die Pausenplätze der Schulhäuser mit Erpressung und Drogenhandel an dritter Stelle. Die Schüler besserten ihr Taschengeld mit dem Klappmesser auf; so was hatte er zeit seines Lebens nicht gekannt. Und auch wenn man keine Details erfuhr, er konnte sich ausmalen, was sie in der Besenkammer machten, wo sie die Mädchen zwangen, die Slips herunterzulassen.

Nein, in einem Schulhaus wollte er nie Hauswart sein. Obwohl – eine Ohrfeige hatte noch nie geschadet, sofern im richtigen Moment verpaßt. Das verhielt sich bei Hunden nicht anders: Scheißen die auf den Teppich, muß man sie gleich mit der Schnauze in den Dreck drücken, eine spätere Strafe richtet nichts aus. Das hatte er beim ersten Hund gelernt; den konnte er hinterher prügeln und treten, soviel er wollte.

Nein, mit Blutbesessenen wollte er nichts zu tun haben. Schon gar nicht mit Massenmördern wie mit dem Phantom vom China-Garten. Acht Morde hatten sie ihm nachgewiesen, alle Frauen blond und Brillenträgerinnen. Blond hatte ihm eingeleuchtet. Es stellte sich heraus, daß er mindestens noch sechs andere Frauen in den Park gelockt und sie hinterm himmlischen Drachen erwürgt hatte, als Nachtwächter von einem Kontrollgang zum nächsten unterwegs; wegen der Stechuhren konnte er sich für die Morde nicht viel Zeit gestatten. »Unhold mit ejaculatio praecox« hatte es auf der Titelseite einer Zeitung geheißen, die sich anderntags für den Übermittlungsfehler entschuldigte: Es hätte natürlich heißen müssen, der Täter sei ein Handtaschenfetischist.

Im Grunde wollte er niemanden umbringen, sondern nur diesen Schneebeli loswerden, ein für alle Mal. Da gab es doch diesen Variété- und Zirkustrick, den er als Kind gesehen hatte: Man steckte einen Menschen in einen Käfig, breitete ein Tuch drüber, drehte den Tisch mit dem Käfig ein paar Mal im Kreis, und schon war der Käfig leer. Wieder ein Tuch drüber, erneut ein paar Kreisdrehungen, und bereits war der Verschwundene wieder da. Auch dieser Schneebeli wäre einer, der, wenn man ihn wegzauberte, am nächsten Morgen wieder die Treppe herunterstiege, in aller Herrgottsfrühe, pfeifend. Zwar lag er selber zu dieser Uhrzeit längst wach, selbst wenn er Schlaftabletten genommen hatte, aber er würde durch dieses rücksichtslose Pfeifen geweckt, wenn er schlafen würde; und so wartete er in den schlaflosen Morgenstunden nur darauf, bis dieser Schneebeli im Treppenhaus pfiff. Das tat er fröhlich, als stimme ihn der Gang zur Arbeit heiter.

Ihm wäre ein unblutiges Erledigen durchaus recht. Etwa, indem er eine Falle stellte. Ging ihm der andere rein, war das seine Schuld, er hatte eben Pech gehabt, wenn's nicht gar Schicksal war – nein, Schicksal gönnte er diesem Schneebeli nicht; wenn's hochkam, hatte der Schwein, oder vielmehr hoffentlich nicht.

Doch er mußte sich eingestehen: Der Einfall mit dem Kellersturz war dilettantisch, obwohl in einem so alten Haus die Treppen steil, eng und abgetreten sind, so daß bei einem Sturz ein Genickbruch durchaus dringelegen hätte. Es hatte gescheppert, als Schneebeli mit dem Fahrrad die Stufen hinunterfiel, dem Krach nach hätte es ernst sein können. Kaum hatte er Schneebeli das Licht abgedreht, hatte er sich in seine Wohnung geflüchtet, um dann stramm herauszutreten, als Hauswart nach dem Rechten sehend: Was sollte der Lärm?

Doch da stand Schneebeli bereits vor der Wohnungstür: »Kurzschluß« war seine Vermutung. In dem Zustand möge er sich seiner Frau nicht zeigen, etwas Verbandsstoff bitte und wenn möglich ein Pflaster. Da hoffte man, daß einer zu Tode stürzt, und jetzt bot man ihm freiwillig Jod an wegen der Infektion. Der hatte nichts gebrochen, keinen Arm und kein Bein, auch die Nase nicht und nicht einmal den kleinen Finger, und war, nach eigener Aussage, von fast ganz oben bis fast ganz unten gekullert, ein bißchen die Hand verstaucht. Dagegen half essigsaure Tonerde.

Als Schneebeli verarztet war, bat er um Wischer und Schäufelchen: Er wolle die Kellertreppe reinigen, typisch, als ob er der Hauswart wäre und nicht ein gewöhnlicher Mieter. Dieser Schneebeli hatte es auf seinen Posten abgesehen. Daher nahm er selber das Putzzeug in die Hand. Beim Saubermachen entdeckte er das Kind unten an der Kellertreppe. Es mußte sich beim Herunterkriechen in den Fahrradspeichen verfangen haben und hängengeblieben sein. Was hatten Kinder da unten zu suchen! Da nützte es viel, an die Kellertür »Achtung« zu heften: »Kleinkinder an die Hand. Jede Verantwortung bei Nichtbeachtung abgelehnt. Keine Versicherungsansprüche.« Eine Platzwunde am Kopf, vorerst harmlos, aber doch spitalreif, nach zwei Tagen war das Kind tot... ach Gott.

Die Geschichte mit der Kellertreppe war immerhin ein Denkzettel. Was nervte ihn dieser Schneebeli mit der Reklamation, Fahrräder sollten nicht neben den Briefkästen abgestellt werden, sie würden den Hausgang versperren, sie gehörten in den Abstellraum im Keller. Schneebeli ging mit widerlichem Vorbild voran und trug jeden Abend das Rad hinunter und jeden Morgen das Rad hinauf. Dieser Schneebeli wollte Ordnung schaffen, obwohl die Hausordnung nicht seine Sache war. Er selber hatte von der Immobilienfirma einen Rüffel erhalten: Wem das Moped gehöre, das nächtelang vor dem Hauseingang abgestellt werde. Erstens war es nicht vor dem Hauseingang, sondern daneben geparkt, genau auf dem Platz, den er mit gelben Linien markiert hatte. Und zweitens: Jedermann wußte, daß dieses Moped ihm gehörte – es seien Beschwerden eingegangen, anonyme Klagen. Wer schon, wenn nicht Schneebeli, war der Anrufer? Der hatte auch lächelnd zugeschaut, wie er auf Verlangen der Immobilienfirma die gelben Markierungslinien »privat« vom Asphalt wegwischte.

Das Vorhaben mit der Waschküche hingegen war mehr als eine bloße Lektion. Das war mit Aufwand verbunden.

Ihm kamen handwerkliche Kniffe zugute, schließlich erledigte er die kleineren Reparaturen selber, wie sich das für einen richtigen Hauswart gehörte: Wasserhähne abdichten, elektrische Leitungen verlegen, Blasen im Linoleum aufschneiden, ein Abzugsrohr zusammensetzen oder einen Dübel in die Wand treiben. Ja, der Alltagsfeierabend war abwechslungsreich. Sein Werkzeugkasten war sein Stolz, ein seltenes Set von Bohrern, zudem besaß er eine respektable Dietrich-Sammlung verschiedenster Hakenformen, darunter auch den für das Schloß vom dritten Stock rechts; das hatte der angebracht, der sich im Wohnzimmer verschanzte, bevor er eine Packung Schlafmittel schluckte und den Kopf in eine Tüte steckte. Es gab keine Tür, die er als Hauswart nicht geöffnet hätte.

Was er in der Waschküche bastelte, konnte er allerdings nicht ausprobieren; er konnte nur hoffen, daß die Manipulation funktionierte. Sie hatte funktioniert. Er hatte das elektrische Kabel so umgeleitet, daß beim Anstellen der Waschmaschine der Handgriff den Starkstrom weiterleitete.

Doch es hatte nicht Schneebeli getroffen, sondern die Serviertochter von der ersten Etage links, die sich eben noch eine Schrankwand aus teurem Wurzelholz auf Abzahlung zugelegt hatte, das wußte er, weil der Angestellte der Möbelfirma bei ihm wegen der Kreditwürdigkeit vorgesprochen hatte, eine vertrauliche Auskunft, wie er sie immer gern gab. Er dürfte ringsum der einzige sein, der wußte, was für Schulden der Buchhalter aus dem dritten links hatte, der brauchte ihm nie mit Beschwerden zu kommen. Grundlos hatte die Polizei sich nicht erkundigt, ob der Herr Buchhalter regelmäßig Männerbesuch erhalte, minderjährigen;

jedenfalls hatte er gegen den als Hauswart etwas in der Hand.

Das mit der Waschküche war, zugegeben, fatal. Nach der Hausordnung war der Waschtag auf Schneebeli angesetzt. Dementsprechend hatte er als Hausverwalter kalkuliert. Üblicherweise trug Schneebeli die Schmutzwäsche vor Arbeitsbeginn für den ersten Sud in die Waschküche, und dies fröhlich pfeifend wie immer und, wie zu erwarten, lächelnd.

Die Witwe von der zweiten Etage rechts meinte, mit einem solchen Mann hätte sie verheiratet sein mögen. Die Alte brachte alles durcheinander. Die fragte jede Woche mindestens einmal, an welchem Tag die Müllabfuhr komme, und klingelte, denn sie habe ihr Gebiß wie immer ins Apothekerkästchen getan und jetzt sei es verschwunden; erst vor kurzem sei im Fernsehen vor Einschleichdieben gewarnt worden.

Statt daß Schneebeli selber den besagten Waschtag nutzte, überließ er ihn der Serviererin, da diese eine unregelmäßige Arbeitszeit habe. Das war ihr zum Verhängnis geworden. Bei Schneebeli mußte man mit allem rechnen, der war bis zur Gutmütigkeit perfid.

Merkwürdig war, daß die Frau von Schneebeli in der Waschküche auftauchte. Als Hauswart hatte er die Leiche zu identifizieren. Zum ersten Mal sah er eine Stromleiche: In der rechten Handfläche die Striemen der Brandspuren, die herzwärts liefen. Frau Schneebeli stand im Morgenrock da, und dies, obwohl es bereits gegen Mittag ging, und den Morgenrock hatte sie nicht zugeknöpft. Daß es Büstenhalter gab mit Drahtkörbchen, das hatte er noch nie gesehen. Er erinnerte sich einen Moment lang an seine Handlangerzeit, als er auf Baugerüsten herumgeturnt war, wo sie in Körbchen Pflaster hochzogen. Seine Frau hatte es gehaßt, sich im Büstenhalter zu zeigen. Daß es Slips mit Aufgedrucktem gab, war ihm nicht neu, aber er hatte dies noch nie an Ort und Stelle auf Fleisch gesehen; jedenfalls war das bunt und nicht eine Ehe lang einfarbig. Als sie in der Küche bei ihm Kaffee schlürfte, sagte sie, einen so guten und starken bringe ihr Mann nie zustande. Es waren tanzende Bären, die auf den Slip gedruckt waren. Sie bewundere, mit welcher Unerschrockenheit er sich bei der Identifizierung benommen habe, man hätte meinen können, er habe von Berufs wegen mit Leichen zu tun.

Da klingelte es. Schneebeli war frühzeitig von der Arbeit zurückgekehrt. Als Frau Schneebeli die Stimme ihres Mannes vernahm, flüchtete sie ins Schlafzimmer. Schneebeli fragte noch, was das sei, er habe etwas gehört, ein Türenschlagen, dieses »Peng« sei ihm bekannt vorgekommen, die Tür da hinten führe doch ins Schlafzimmer... Er sammle für den Kranz der Serviererin.

Schneebeli schmeichelte sich überall ein. Er kannte die Hinterbliebenen der Serviererin gar nicht. Die stammten aus einem Kaff in einem Innerschweizer Seitental, sie hatten das Alpenglühen im Blick und das Butterfaß im Ranzen, sie wollten erben, bevor die Tote unterm Boden lag, die Wohnwand schon, aber nicht die Raten dazu. Bei solchen Verwandten wäre er auch in die Stadt ausgewandert. Zum Streit war es gekommen, weil sie behaupteten, die Serviererin habe nie einen zweiten Briefkastenschlüssel gehabt, als ob es nicht Mietverträge gebe, die unterschrieben worden sind.

Als Schneebeli nach oben verschwunden war, entwischte

seine Frau ins Untergeschoß, und schon stand Schneebeli erneut vor der Tür. Er vermisse seine Frau, er hoffe, daß ihr nichts passiert sei. Da kam sie die Treppe hoch: Sie habe im Keller zu tun gehabt. »Das trifft sich gut«, meinte ihr Mann, »ich wollte schon lange was beim Eingemachten nachschauen, gib mir den Schlüssel.« Sie trug den Schlüssel nicht bei sich. Schneebeli lächelte.

Am nächsten Tag klingelte Frau Schneebeli. Sie wolle nicht stören, sie wisse, es sei sein arbeitsfreier Tag. Wieso sie so gut informiert war? Sie schüttelte die Glasglocke in der Hand, und es fiel Schnee auf das Löwendenkmal: »Ein Souvenir. Für Sie. Ich bin aus Luzern. Nicht aus der Stadt. Ich bin ein Landei.« Sie habe einen Teil ihrer Jugend im Stall verbracht. Und dann flüsterte sie: »Danke.« Er hatte keine Ahnung, wofür sie dankte; er nickte und bat sie in die Wohnung. Noch im Flur lehnte sie ihren Kopf an seine Brust: »Manchmal möchte ich, daß er nicht mehr heimkommt. Ein Unfall. Ein rascher, so daß er nicht lange leiden muß. Ist es schlimm, einem Menschen den Tod zu wünschen?« Er schüttelte den Kopf: »Das ist menschlich.«

Sie klammerte sich an die Schnalle und ließ die Hand unter die Gürtellinie gleiten. Ihr Schal hatte sich gelöst, in ihrem Auschnitt schlaffe Brüste, aber durchaus griffwillig. Ihr Haaransatz war schwarz und nicht blond. Was sie ihm blies, war nichts Besonderes. Deswegen hätte er sich nicht an der Garderobe festhalten müssen, so daß der Spazierstock herunterfiel, als es ihm kam. Nicht nur, daß der Reißverschluß klemmte; sie verschluckte sich, er holte ein Glas Wasser und klopfte ihr ein paarmal auf den Rücken. Er hatte beim Stöhnen ein bißchen zugelegt, so daß es sich nach etwas anhörte. Es geschah Schneebeli recht, daß seine Frau sich mit ihm einließ.

Mit was für einer Freude wird er für den Kranz sammeln, wenn es einmal mit Schneebeli soweit ist – oder auch nicht. Solange man keine Leiche fand, gab es keinen Toten, wo kein Toter, da auch kein Kranz. Er hätte sich für Weißtanne entschieden, wie beim Sargbouquet seiner Frau, vielleicht für eine größere Silberschleife, »Zum Abschied / Ein Mitbewohner«, aber auch diesmal nicht »Auf Wiedersehen«, wie die Blumenbinderin schon damals als zweite Wahl vorgeschlagen hatte; abgesehen davon hatte dies der Jahrgängerverein seiner Frau als Grußwort auf der Schleife anbringen lassen.

Schneebeli hatte ihn angesprochen, als er seiner Pflicht als Hauswart nachkam und das Namensschild der Serviererin an den Hausglocken ersetzte. »Wie hart das Schicksal zuschlägt«, hatte Schneebeli gesagt. »Zuschlägt«? Was meinte er damit, als er sagte, man sollte der Sache nachgehen; die von der Versicherung müßten abklären, wie es zu einem solchen Unfall kommen konnte. Oder die Herstellerfirma der Waschmaschine belangen. Dieser Schneebeli war dabei, ihm die Polizei auf den Hals zu hetzen. Das mit dem Kurzschluß sei merkwürdig gewesen, er habe nachgeschaut, alle Sicherungen waren intakt; wie es komme, daß plötzlich das Licht ausgehe, das sehe danach aus, als ob einer das Licht ausgedreht habe.

In einem so alten Haus kann es nun mal zu Pannen kommen. Weshalb sollte er Schneebeli Rechenschaft schuldig sein. Die Besitzerin ließ nur das Allernotwendigste reparieren. Das Haus so weit verkommen lassen, bis nur noch der

Abbruch übrigbleibe: Das sei für einen Hauswart kein verlockender Posten. »Und doch«, meinte Schneebeli, »als Nebenverdienst im Parterre wohnen und nicht oben unterm Dach in der Mansarde.« Und er lächelte erneut. Dieses ewige Lächeln, der hatte was zu verbergen.

Nein, so ging das nicht weiter. Innerhalb von drei Wochen zwei Tote, das arme Kind, das im Frühjahr in den Kindergarten gekommen wäre und ihm noch die Tasche fürs Pausenbrot gezeigt hatte, mit einem Delphin drauf, und die Serviererin. Zwei Tote, in einem Sechsfamilienhaus mit Mansardenwohnung. Er hätte am liebsten ausgeholt und dem Schneebeli eins runtergehauen; aber der hätte noch mit gebrochenem Nasenbein und blauem Auge am Morgen fröhlich gepfiffen.

Er hatte dem SOS-Briefkasten der *Wochen-Illustrierten* geschrieben: »Lieber Onkel«, schon immer habe ihn interessiert, wie sich das verhalte und wieviel Strafe auf was stehe, und fügte bei: »Wir hatten darüber in unserer letzten Jaßrunde gestritten.« Der Briefkasten-Onkel redete nicht einfach von Mord, auch wenn es für das Opfer aufs gleiche hinauslief, nämlich tot zu sein. Nein, da gebe es neben dem »Mord« den »Raubmord«, das kam nicht in Frage, er wollte Schneebeli beiseite schaffen, das genügte, ganz abgesehen davon, was gab es bei dem schon zu holen. Man unterscheide nicht nur »Totschlag« und »versuchte Tötung«, sondern auch »Körperverletzung mit tödlichen Folgen«. Das letztere war etwas, auf das er sich eher einlassen könnte: einen Streit provozieren, Schneebli in den Schwitzkasten nehmen und den Notarzt rufen – aber erst, wenn es zu spät ist. Sicher etwas umständlich und mit Aufwand verbunden. Schneebelis

Frau würde jederzeit bestätigen, daß ihr Mann brutal war. Wie er die Verhältnisse einschätzte, würde sie die Leiche am liebsten der Müllabfuhr überlassen, nicht ohne zu bedauern, daß sie Sackgebühr entrichten mußte.

Jedenfalls ließ er im Fernsehen nie »Aktenzeichen XY« aus. So interessant die Fälle sein mochten, sie halfen ihm nicht viel weiter. Sehr oft ging es um Überfälle auf eine Bank, ein Juweliergeschäft oder eine Tankstelle. Manchmal Geiselnahme. Polizei mit Megaphon und Scharfschützen. Er müßte nie wegen eines Fluchtautos verhandeln, er war ja nicht auf Geld aus. Er hatte eine feste Stellung, auch wenn er sich manchmal eine andere Arbeit wünschte, als Getränkekästen zu stapeln. Aber das brachte einen Verdienst, der reichte. Als Hauswart hatte er praktisch keinen Mietzins zu bezahlen. Da er einer regulären Arbeit nachging, hatte er das Beseitigen in der Freizeit zu besorgen. Es wäre nicht unklug, fürs Wochenende hin und wieder einen Kastenwagen zu mieten, so würde es nicht auffallen, wenn er einen mietete, sollte es einmal soweit sein.

Andererseits erfuhr er dank des Fernsehens, wie sich das Beseitigen modernisierte. Typisch, wie oberflächlich die am Bildschirm informierten. Im Fall des Tiefgaragen-Mörders zeigten sie zwar den Elektroschocker, den er bei den Vergewaltigungen benützte, aber es wurde nicht vorgeführt, wie dieser Schockapparat eingesetzt wird, und schon gar nicht, zu welchem Preis er wo zu haben war und wie weiter zu verwenden.

Auf was die heute alles kamen: Was das genau hieß, DNA, »genetischer Abdruck«, das war nicht so klar wie Fingerabdruck. Darauf würde er achten; er hatte eine Packung Haushaltshandschuhe griffbereit, damit konnte man sich nicht verdächtig machen; aber Erwürgen kam überhaupt nicht in Frage, er hatte gelesen, daß beim Würgen die Augen aus ihren Höhlen hervorquellen, so was mochte er nicht mitansehen. Das wär noch das beste, Schneebeli mit Stielaugen in Erinnerung behalten. Nie hätte er gedacht, daß man sich mit Speichel verrät. Jedenfalls wird er Schneebeli zum Abschied nicht anspucken.

So zeitgemäß wie der Appenzeller von der Gondelbahn konnte er es nicht richten, erstaunlich, wie sehr Bergler die Mode mitmachten, die gingen nicht mehr mit Holzscheit und Mistgabel aufeinander los. Um es ihm gleichzutun, müßte er sich ein Handy anschaffen, nicht nur er, auch Schneebeli müßte ein Mobiltelefon besitzen, dann könnte er ihm den Tod ankündigen: »Jetzt ist es soweit«, bei jeder Tages- und Nachtzeit, nein, natürlich nicht so, sondern moderner, wie bei den Raketen. »Der Countdown läuft«, rückwärts zählen und nicht, wie in der Schule gelernt, »eins, zwei, drei«; wenn Schneebeli das auf dem Display liest, wenn er es liest, ob der dann immer noch morgens in der Früh fröhlich pfeift? Noch vier Tage, noch drei Tage, noch zwei...

Er bereicherte seine Kenntnisse und Erkenntnisse auch dank einer Sendung wie »Kripo direkt«, wo zur Mithilfe aufgerufen wurde: Waren Sie Zeuge? Wie hätte er merken sollen, daß in Hennigau, von dem er nicht einmal wußte, wo es lag, seit Tagen ein Wagen gegenüber der Sparkasse geparkt hatte. Sicher hätte er der Kriminalpolizei geholfen, wenn ihm der Sportsack mit den Initialen F.S. aufgefallen wäre. Aber lehrreich war, auf was man alles achtgeben mußte – schon ein abgetretener Absatz konnte dem Täter zum Verhängnis werden. Oder ein, zugegeben, auffälliger Kamm, der neben der Erdrosselten im Gebüsch lag.

Kaum eine Abendschau mit Fällen, die ihn nicht interessiert hätten. Der rumänische Strichjunge, der einen Erzbischof, der ihn in Rom am Bahnhof auflas, mit einem Kreuz erschlägt; er hat dem Toten hinterher die Hände zusammengebunden, weil er Angst vor einem Wunder hatte. Da läuft einer Amok, mit einer Maschinenpistole, in einem Supermarkt, schießt blindlings um sich, eine Mutter mit einem Kleinkind unter den ersten Opfern. Da bringt ein Amerikaner, es war doch ein Amerikaner?, seine Schwiegermutter um, setzt die Leiche ins Auto, übergießt den Wagen mit Benzin, zündet die Garage an und meint, er könne erst noch was von der Brandschutzversicherung kassieren, und fängt wegen des verschütteten Benzins auf der Freizeitkleidung selber Feuer. Der Australier, der an die Jugendherberge Feuer legt, weil er rausgeschmissen worden ist, und der mithilft beim Einsammeln der verkohlten Leichen. Und der Schwarze, der seinen Rivalen im Zoologischen Garten in den Krokodilteich stößt, unvergeßlich am Schluß die Großaufnahme: »Füttern verboten.« Und der Japaner, der sein Opfer auf die Schienen einer Expreßbahn kettet; daß die Aufnahme nachgestellt wurde, kam nur raus, weil der Kameramann vom vorbeirasenden Zug erfaßt worden war.

Natürlich gab es Überraschungen wie den Rasiermesser-Mörder. Nie hätte er gedacht, daß ein Gymnasiallehrer zum Rasiermesser greift, um seinen Mord zu erledigen: Halsschlagadern aufschlitzen! Noch nie hatte er sich darüber Gedanken gemacht, daß es gebildete Mörder gab. Er hatte stets gemeint, daß Studierte das unblutige Abmurksen beherrschten, daß sie Methoden kannten, einander umzubringen, ohne daß man zur Waffe griff und schon gar nicht zu einem Rasiermesser. Ein solches Rasiermesser hatte noch sein Vater verwendet; den ersten Flaum hatte er als Pubertierender damit weggeschabt, und den Schnitt, den er sich dabei zufügte, hatte er als Wunde der Männlichkeit herumgezeigt. Mit welchem Stolz hatte er das Rasiermesser am Lederriemen gewetzt und die Schärfe an einem Stück Toilettenpapier geprüft; aber sonst – er hatte sich für die tägliche Rasur lange Zeit noch eines Apparates mit Klingen bedient, die sich, wennschon, eher für Selbstmord eigneten: Die Pulsadern aufschlitzen, vorzugsweise in der Badewanne, in warmem Wasser, wie er einmal in einem historischen Film gesehen hatte – was soll's, er war vor ein paar Jahren von der Naßrasur zur Trockenrasur übergegangen. Er besaß eines der jüngsten Modelle; sollte er Schneebeli mit einem rotierenden Scherenkopf beseitigen?

Beeindruckt war er, als er vernahm, daß ein Minister einen Mörder angestellt hatte, um seine Frau umzubringen; einen Killer angeheuert, wie es hieß. Für fünfzehntausend Mark. Ob in der Schweiz ähnliche Tarife galten? Nicht zu erfahren war, auf was sie sich geeinigt hatten. Arbeitete der Killer von Hand oder mit einer Waffe, und wenn ja, mit was für einer? Sollte die Sache im Haus erledigt werden, dann möglichst ohne Lärm. Vielleicht morgens früh, wenn Schneebeli pfeifend die Treppe herunterkommt, er selber wartet hinter der Wohnungstür, bis das Pfeifen aufhört, dann geht er hinaus und bezahlt den Killer. Wahrscheinlich mußte man vorausbezahlen. Aber was, wenn der mit dem

Geld abhaut? Bei einem Killer mußte man mit allem rechnen, das ist ein Krimineller. Besser wäre sowieso, wenn Schneebeli auf seinem morgendlichen Gang zur Arbeit umkäme, das könnte nach Unfall aussehen; wenn ein Killer etwas beherrscht, dann sicher Fahrerflucht.

Doch wo findet man einen Killer? Vielleicht am Bahnhof. Dort stehen überall Ausländer herum. Oder eher im Niederdorf? Killer lieben bestimmt Amüsierviertel. Wo soll sich ein Killer schon aufhalten, wenn nicht in Kneipen und Beizen, in Bars, vielleicht mußte er sich auch in einem Nachtclub umsehen, ein Killer kann sich teures Zeug leisten, jedenfalls ein erfolgreicher, und wenn er einen anstellt, sollte das kein Anfänger sein. Jedenfalls war das ein Grund, sich im Niederdorf umzusehen.

Der an der Ecke neben dem Würstchenstand hatte eindeutig auf etwas gewartet; wie auffällig er sich an die Mauer lehnte, der trug nicht umsonst ein T-Shirt, der zeigte Muskeln, ob seine Hände ebenso kräftig sind? Da machte sich eine junge Frau an ihn heran, die beiden tuschelten, der Muskelprotz sah um sich, was die wohl aushandelten? Doch dann küßten sie sich; war die, welche beim Weggehen ihren Hintern schwenkte, eine Killerbraut? Er mußte sich an einzelne halten; die meisten kamen in Gruppen entgegen, einige so rücksichtslos, daß er fast in die Tischreihen vor den Restaurants und Cafés abgedrängt wurde. Endlich einer mit finsterem Blick und buschig schwarzen Augenbrauen, das war's, der hatte auf der Nase ein Pflaster, der sah danach aus, daß er dreinschlägt; aber vielleicht haut der drauflos ohne Auftrag, besser, wenn man den vorbeigehen läßt. Es gab ja wohl mehr als nur einen Killer. Da weiter vorn zum Beispiel, ein Schwarzer, ein Riese von einem Neger, bestimmt ein Illegaler, das konnte nur von Vorteil sein, der verschwand nach der Tat ins Ausland, zurück nach Afrika, der konnte einen hinterher nicht noch erpressen. Der Schwarze stellte sich unter eine Haustür, der bezog seinen Beobachtungsposten, er nestelte an seinem Reisesack; ob er da drin die Waffen versteckt hatte? Er holte etwas hervor und hielt es an den Mund, eine Mundharmonika, und setzte gleich zum Spielen an. Nein, ein Killer war kein Straßenmusikant, oder diente die Mundharmonika als Tarnung? Er tat dem Schwarzen ein paar Münzen in die Pudelmütze und schaute ihm dabei forsch ins Gesicht; der lächelte, nein, keinesfalls ein Killer, der lächelt. Also weiterschauen. Ob der vor der Apotheke ein Berufsmörder sein könnte? Der aß, was er am chinesischen Stand gegenüber gekauft hatte. Der Asiat mit den Frühlingsrollen war im Vergleich zu Schneebeli viel zu schmächtig, selbst wenn das Schlitzauge östliche Methoden beherrschte. Vernünftiger, sich an den vor der Apotheke zu halten, der will keinen Verdacht wecken, sieht aber den Passanten lange nach. Ob die Tätowierung am Oberarm eine Bedeutung hatte? Ob er damit ein Zeichen durchgab? Eine Schlange, die ein Tier biß. Ob diese Schlange auch Schneebeli beißen könnte? Er machte einen Schritt auf den andern zu, stellte sich daneben, lässig die Hände in den Hosentaschen, sah ein zweites Mal hin, musterte die Zeichnung genauer und nickte anerkennend, da fuhr ihn der andere mitten im Kauen an: »Hau ab, du schwule Sau.« Warum eigentlich sollte ein Killer sich auf der Straße nach Kunden umsehen, saß der nicht eher in einem Lokal? Aber in welchem? Kaum in einer Spaghetteria und ebensowenig in einem Bioladen, er konnte sich keinen Killer vorstellen, der Birchermüesli löffelt. Auf alle Fälle wird er kein Lokal aufsuchen, vor dem in Schaukästen Fotos hingen mit kaum bekleideten Frauen und solchen, die nur Sternchen trugen, wer weiß, was die sonst noch im Innern an Auftritten boten. In keinem Hirschen oder Ochsen, schon eher in Bibibalu oder Kontiki. Jedenfalls war da drin Betrieb, ein einziger Barstuhl frei. In dem Halbdunkel waren kaum Gesichter auszumachen. Der zu seiner Linken prostete ihm zu, noch bevor er bestellt hatte, und fragte, ob's ihm auch stinke. Er sei Hauswart, antwortete er, und wegen der Musik ziemlich laut: Warum sollte er einen Strick mit sich herumtragen? »Um dich aufzuhängen.« Der andere rutschte auf seinem Hocker näher und legte ihm den Arm um die Schulter: Hätte er Gas, er hätte heute abend zu Hause den Hahn aufgedreht, aber er habe einen Elektroherd. Sollte er sagen, es tue ihm leid? Aus dem Fenster springen gehe auch nicht, fuhr der andere fort, er wohne Parterre. Was, wenn er es mit Tabletten versuche, das sei geläufig und fast immer todsicher? »Das gleiche noch einmal«, bestellte der andere bei »Schatzi Ursula« und fügte hinzu, er habe einen empfindlichen Magen. Ohne sein Glas zu leeren, verabschiedete er sich: Als Hauswart habe er noch zu tun. Als er zur Tür ging, sah er, wie eine Frau sich einem Mann, der an einem Tischchen saß, von hinten näherte, sie hängte ihm ihren Busen über die Schultern und krallte die Finger um seinen Hals, so daß der aufbegehrte: »Linda, willst du mich erwürgen?« Sollte es weibliche Killer geben? Die Frauen machten sich, die arbeiteten jetzt als Tramchauffeusen und Polizistinnen, warum sollten sie sich nicht zum Killen eignen, nachdem sie jetzt auch Militärdienst leisteten.

Es blieb ihm wohl nicht erspart, ein zweites oder drittes Mal ins Niederdorf zu gehen. Vielleicht an einem Montagabend, wenn nicht so viele Leute unterwegs waren. Doch dann vernahm er in den Nachrichten, daß sich der Killer der Polizei gestellt hatte und der Minister verhaftet worden war; damit mußte gerechnet werden, daß der Killer ein Gewissen hatte. Nein, es war sicherer, die Sache selbst in der Hand zu behalten.

Angesichts all der Neuigkeiten, die täglich in der Welt passierten, fühlte er sich mit seinem Vorhaben nicht einsam, auch wenn er am Abend allein mit einer Dose Bier vor dem Bildschirm saß.

Ein Schuß und Schluß. Das wär's. Aber er besaß keine Waffe. Da wäre ein Junge gut, wie der Elfjährige, der den Mörder seines Vaters vor dem Gerichtsgebäude erschoß, natürlich hatte ihn die Mutter dazu angestiftet. Der Junge bestritt es, und es klang glaubwürdig. Er sah seit der Vorkindergartenzeit fern. Er war in seinem kurzen unschuldigen Leben, wie ein Psychiater ausführte, auf ein paar tausend Morde gekommen, bevor er schreiben und lesen konnte: Das war eine neue Generation, die seine hatte bis zum achtzehnten Lebensjahr warten müssen, um im Kino Mord und Totschlag vorgeführt zu kriegen. Aber er hatte nachgeholt, das war einfach, seitdem er verkabelt war.

Überhaupt – die Kindheit. Ein unbescholtener Lastwagenchauffeur mit Kleinfamilie und Eigenheim, und dann kam raus, daß dieser »Matrose der Autobahn« Beifahrerinnen und Beifahrer umgebracht hatte, Autostopper, deren Rucksackhabe seine Frau auf dem Flohmarkt verkaufte. Wie kam ein Familienvater dazu, so was zu tun, wenn er nicht eine unglückliche Kindheit gehabt hätte. Unehelich geboren, das erste Jahr in einem Frauengefängnis verbracht, wo seine Mutter wegen irgendwelchen Drogengeschichten einsaß, danach die Jahre in Kinderheimen, zur Adoption freigegeben, vom Pflegevater wieder in ein Heim gesteckt, vom Leiter mißbraucht, mit andern Heiminsassen Steine von einer Brücke hinunter auf Autos geworfen, demolierte Wagen und ein Fahrer im Rollstuhl. Flucht und Diebstahl eines Motorrads. Erziehungsanstalt, dann die erste Gefängnisstrafe, nach der Entlassung lernt er eine Kioskverkäuferin kennen, eine schwere Asthmatikerin, und beginnt mit ihr ein neues Leben als Lastwagenchauffeur. Doch dann...

Wenn er an die eigene Kindheit dachte: Er wäre gerne Schriftenmaler geworden, neben dem Turnen hatte er im Zeichnen eine gute Note gehabt, einer, der über den Kinoeingängen die Außenreklamen malte: Großbuchstaben, die manchmal wie Männchen oder Blumen daherkamen. Ganze Geschichten malten sie, Tarzan zum Beispiel, das wär's gewesen, einen Affen von Palme zu Palme hüpfen lassen, neben die Kasse einen Cowboy mit Lasso und Colt hinstellen oder Zwerge für die Kindervorstellung malen, jeder mit einem andern Bart.

Aber sie schickten ihn nach der Schule auf den Bau zum Geldverdienen, Schulden abzahlen, die er nicht gemacht hatte, ein Vater, der dreinschlug, weil er jähzornig war, und er war nicht nur jähzornig, wenn er soff, und eine Mutter, die Blut hustete und schon vor ihrer Krankheit die Hausarbeit gehaßt hatte, die alles liegen ließ und auch noch Zukker im Blut hatte. Sein Bruder war durchgebrannt, mehr als einmal. Er war im Milieu untergetaucht. Drei Frauen gingen für ihn anschaffen; er war nur zurückgekehrt, um zu zeigen, was für eine Automarke er fuhr. Er hingegen nahm alles hin. Freudlos die Jugendjahre, aber fraglich, ob ihre Ödnis einen Mord gerechtfertigt hätte. Fürs Dreinschlagen reichte es, sicher dafür, um auf den Tisch zu hauen, und er hatte es den Tischen besorgt, denen in der Kneipe und dem zu Hause.

Sich nicht durch solche Geschichten ablenken lassen. Dennoch, er staunte: In den Filmen schien es in jedem Haushalt, vor allem in gepflegten, eine Schublade mit einem Revolver drin zu geben. Bei ihm zu Hause konnte er lang Schubladen öffnen. Nichts Derartiges, außer dem idiotischen Feuerzeug in Form einer Pistole, die eher Lärm machte als Feuer gab; seine Frau hatte es bei der Tombola ihres Jahrgängervereins gewonnen (»Wir fröhlichen 1936er«), und erst recht staunte er jeweils, wie die auf dem Bildschirm mit Revolvern umzugehen verstanden.

Gut, er hatte einst ein Sturmgewehr besessen; als wehrtüchtiger Schweizer betreute er eine Armeewaffe zu Hause und auch die entsprechende Munition dafür. Das Sturmgewehr war gegen Feinde von außen gedacht. Für Abrechnungen zu Hause benutzte man es nicht, wenn man auch nur ein wenig Achtung fürs Vaterländische aufbrachte. Diese Waffe hatte lange unterm Ehebett gelegen, das längst ein Witwerbett war; gut eingefettet war das Gewehr, nie wäre er mit einem rostigen Lauf in den Krieg gezogen, aber er hatte diese Waffe vor mehr als zehn Jahren aus Altersgründen ans Zeughaus zurückgeben müssen, da es mit der Diensttauglichkeit vorbei war.

Nein, dieses Sturmgewehr, das war für den Ernstfall reserviert, und ein Ernstfall war dieser Schneebeli nicht, er hätte sich noch was darauf eingebildet, ein Fall zu sein.

Und dann hatte er vor einem Waffengeschäft gestanden; er hatte im Telefonbuch nachgeschlagen, wo ein solches zu finden sei. Er bestaunte die Auslage: Ein Vatermörder, ein Unding aus früheren Zeiten; was die an Gewicht mit sich herumschleppten, verglichen mit dem kleinen perlmuttgeschmückten Taschenrevolver für den modernen Alltag. In einer Ecke eine Armbrust, als müßte man noch immer einen Tyrannen wie Geßler töten. Daß auch noch Morgensterne zu kaufen waren, war ihm schleierhaft: »Schlagwaffe. Keule mit Eisenstiften besetzt.« Neben dem Jagdgewehr lag eine Schreckschußpistole, genau das, was er nicht suchte, er wollte Schneebeli nicht erschrecken, sondern dorthin befördern, wo keiner mehr keinen erschreckt.

Warum sich nicht im Laden erkundigen, wie es sich mit dem Waffenschein verhält, Auskunft nicht für sich, sondern einen entfernten Verwandten vorschützen, der sich schon immer für die Jagd interessierte; ob es tatsächlich einen Psychotest brauchte für einen Waffenschein, und wie sich das bei Vorbestraften verhält.

Als er auf die Ladentür zuging, kam Schneebeli heraus; sie wären beinahe zusammengeprallt. Er konnte sich im letzten Moment an die Mauer drücken und blieb beim erstbesten Schaufenster stehen. Schneebeli hatte ihn erkannt, er kam schlendernd auf ihn zu; was er in der Hand trug, sah nach Prospekten aus. Schneebeli warf einen kurzen Blick in die Auslage, nickte verständnisvoll und lächelte. Und er, er lächelte zurück, dieser Schneebeli brachte ihn so weit, daß er ihm zulächelte.

Doch dann war er zusammengezuckt. In der Auslage des Geschäftes, vor dem er zufällig stehengeblieben war, sah er eine Orgelpfeife von Gummipenissen, darunter solche mit Noppen. »Wir haben Ihre Größe.« Daneben Gel und Kondome, darunter solche mit Aroma – ob das mit Banane soviel anders schmeckt als mit Lavendel? Eine Liste mit Erektions- und Masturbathilfen. Ein dicker Pfeil: »Kontaktbrett im Innern« und: »Kennen Sie die erotische Kegelbahn?« Von der Decke hing eine aufblasbare Puppe: »Nicht nur für den Seemann.«

Was, wenn Schneebeli rumerzählte: »Wißt ihr, was der Hauswart treibt? Der sucht in der Freizeit Sexgeschäfte auf.« Wenn das der Immobilienfirma zu Gehör kommt. Er, der sich im Anstellungsvertrag verpflichtete, für Ordnung zu sorgen, gemäß der Hausordnung, und das waren mehr als zwei Seiten Kleingedrucktes. Was, wenn der Hund vom ersten Stock rechts sein Dreckgeschäft im Hausflur besorgt und er darauf pochen muß, daß das Halten von Haustieren der Erlaubnis bedarf, und die fragen zurück, ob er nicht mit einem »Sie-wissen-schon«-Magazin oder -Video dienen könne. Was, wenn er reklamiert, da der Buchhalter wieder abends nach zehn Uhr badet, und der sich erkundigt: »Was macht die aufblasbare Puppe?« Und die Alte quatscht sowieso alles weiter. Wäre es da nicht besser, den Supermarkt zu wechseln, im Shopville im Bahnhof einzukaufen? Schon längst wäre es an der Zeit, die im dritten rechts erneut zu mahnen, daß sie sich beim Treppenhaus-Reinigen an den vierzehntägigen Turnus halten, die hatten schon gehöhnt, als er vorstellig wurde, weil nach dem Konkubinatsgesetz unverheiratete Paare nicht zusammenwohnen dürfen. Er hatte es ihnen besorgt mit einem Einschreibebrief. Er sah bereits, wie an einem Morgen auf der Hausordnung, die neben den Briefkästen hinter transparent-abwaschbarem Schutzpapier hing, »sex« hingesprayt war. Noch immer hatte er nicht herausgekriegt, wer ihm den Kartenspruch in den Milchkasten gesteckt hatte: »Gott sieht alles, der Nachbar mehr.« Die Alte, die ihn überraschte, wie er den Kartengruß hervorholte, stellte keuchend ihre Einkaufstüten ab und lächelte; nun fing auch die an zu lächeln.

Wie kommt Schneebeli überhaupt dazu, zu meinen, er sei auf Sexläden angewiesen? Natürlich hatte er einmal ein solches Geschäft aufgesucht, einfach um zu wissen, wie man sich so was vorstellen soll, aber der glitschige Boden in der Kabine war widerlich. Und dann der Schock. Er brachte die Verriegelung nicht mehr auf, und er sah schon die Feuerwehr anrücken, um ihn aus der Kabine zu befreien.

Er war in solchen Sachen eher häuslich. Er hatte nach dem Tod seiner Frau im Schlafzimmer das Regal über der Kommode mit einem Träger verstärkt. Dort, wo seine Frau eine Puppe hingesetzt und das großformatige Hochzeitsfoto im geschnitzten Bilderrahmen aufgestellt hatte und von wo auch eine Zeitlang aus einem Farbdruck zwei Putten aufs Ehebett hinuntergeschaut hatten, dort stand nun der Fernsehapparat. So konnte er vom Bett aus einschalten, was er wünschte, in der einen Hand die Fernbedienung und die andere frei.

Er hatte es nicht nötig, wie sein Magazinchef nach Thailand zu reisen. Oder wie die beiden Anstreicher ein Arrangement nach Nairobi zu buchen, da, wie sie behaupteten, Afrika die größeren und geileren Titten habe. Beim Zappen kriegte man weder den Tripper noch Aids. Er wußte, wie es an gewissen Straßen in Hamburg zuging und in bestimmten Vierteln in Amsterdam, Frauen, ausgestellt im Schaufenster. Und erst, was Deutsche in Clubs auf Mallorca trieben. Die eigenen vier Wände boten ihm genug. »Venezia-Anal Grande« oder »Brunst im Internat«, er hatte zuweilen die Qual der Wahl, weshalb sollte er da ausgehen, um sich in einer Kabine anzuschauen, was er zu Hause vom Bett aus abrufen konnte? Und wie aufreizend auf dem Bildschirm gestöhnt wurde. Die pummelige zum Beispiel, die die Beine spreizte, um zwischen den Schenkeln Platz zu machen für Telefonnummer und Minutenpreis. Aber weshalb sollte er zum Hörer greifen und Impulse bezahlen, wenn er es unentgeltlich haben konnte und dabei erst noch was sah.

So weit wollte er es nicht kommen lassen wie damals in Baumlikon. Wie stolz war er gewesen, als die Baufirma ihm die Straßenwalze anvertraute. Und asphaltiert wurde immer mehr, selbst Feldwege. Jedermann konnte ihn auf seinem Sattel sehen, aber dann wurde die Maschine zum Pranger. Er war ausgestellt und allen Blicken preisgegeben. Die Passanten, die zu ihm hochsahen, lächelten. Er mochte nicht einmal für die Arbeitspausen hinuntersteigen. Wenn er nach der Arbeit einen Einkauf besorgte, lächelten sie, der Metzger wie die Bäckersfrau. Erstand er Zigaretten, setzte die am Kiosk gleich zum Lächeln an, die hatte mit ihren Jugoslawen-Affären gar keinen Grund zum Lächeln. Aber sie lächelte wie der Briefträger. Selbst der Zeitungsausträger und der Straßenwischer verkniffen sich das Lächeln nicht. War er zu Fuß unterwegs, sah er schon von weitem, wie sie darauf aus waren, ihm ins Gesicht zu lächeln. Wenn er sich aufs

Velo schwang, lächelten sie hinter ihm her; man hatte ihm für neun Monate den Fahrausweis entzogen.

Kein lautes Wort, und dabei wußten es alle. Es hatte im *Amtsblatt* gestanden, das in alle Haushalte verteilt wurde, zusätzlich war es auf dem Anschlagbrett im Gemeindehaus zu lesen, gottlob ohne Fotografie. Im Wiederholungsfall wurde der Täter öffentlich ausgeschrieben. Und dabei hatte er beim zweiten Mal keinen Unfall gebaut wie beim ersten Mal, als ihm der vom Seniorenheim ins Motorrad lief. Es hatte damals nicht zur Anklage wegen fahrlässiger Tötung gereicht. Mit der neuen Verurteilung hatte er die alte abzusitzen. Er war in eine Routinekontrolle geraten, er hatte einige Promille zuviel.

Inzwischen hatten sie aufgehört, Verurteilte von Amts wegen bloßzustellen. Aber er, er war noch drangekommen. Nach der Entlassung ließen sie ihn bei den Feuerwehrübungen nicht mehr an den Schlauch, beim Stammtisch im Hirschen hatten sie ihm klargemacht, daß sie ihn in der Zwischenzeit für den Viererjaß ersetzen mußten. Das alles mit Lächeln. Die in Baumlikon hatten ihn für immer gesehen, aber seine Frau, die hing an dem Kaff. »Die Frau eines Zuchthäuslers«, jammerte sie; aber er war nicht im Zuchthaus gewesen, sondern in einem Bezirksgefängnis. Er hatte ihr sogar verboten, ihn dort zu besuchen. Er hatte dort respektable Leute kennengelernt wie einen Notar, der wegen Unterschlagung saß, und einen Fußballer der Liga A, der bei einer Siegesfeier mit der Bierflasche dreingeschlagen hatte. Was blieb seiner Frau anderes übrig, als ihm in die Stadt zu folgen. Ständig nörgelte sie: »Hättest du nicht…, wären wir noch…« Er hatte ihren letzten Wunsch erfüllt und sie auf dem Baumlikoner Friedhof begraben lassen, die betreuten die Gräber im Abonnement, zwei Bepflanzungen jährlich, im Frühling für den Sommer und im Herbst winterhartes Immergrün.

Er mußte auf der Hut sein. Als ihn sein Sohn besuchte, wunderte der sich: Da habe ihn einer angesprochen, der stapelte die Gratiszeitungen und die Prospekte der Wurfsendungen im Hausflur: Einer müsse für Ordnung sorgen. Das konnte nur Schneebeli gewesen sein. Der habe sich erkundigt, woran Mutter gestorben sei, seine Frau zeige ähnliche Symptome. Ob Mutter Symptome gehabt habe, fragte der Sohn. Er wolle sich lediglich das Beil ausleihen, das Vater kaum brauche; in einem Haus mit Gasheizung gebe es nichts zu hacken.

Gas, das hatte er bisher nicht in Erwägung gezogen. Eine lecke Leitung in einem solchen Mietshaus ist durchaus denkbar. Hinaufgehen und so reparieren, daß es hinterher ein bißchen strömt. Gas war geruchlos. Nur mußte man acht geben wegen einer möglichen Explosion. Der Schneebeli war Raucher. Auch Klärchen rauchte. Ein Risiko, daß es sie trifft und nicht ihn. Am Ende ging das ganze Haus in die Luft. Das könnte dem Schneebeli passen, ihn um das Dach überm Kopf zu bringen.

Diese Schnüffelei läßt er sich nicht bieten. Als er auf dem Dachboden nach der Stelle suchte, wo es reinregnete, stand unerwartet Schneebeli neben ihm. Er war ihm auf die Zinne gefolgt. Als er sich übers Geländer beugte, zerrte ihn Schneebeli zurück: Das Geländer könnte nachgeben. Beide sahen in den Hinterhof hinunter. Er, Schneebeli, stehe oft hier oben, in der Nacht, wenn er nicht schlafen könne. In der

Tat, das Geländer saß locker, an einer Ecke völlig durchgerostet, dem könnte man leicht nachhelfen, in einer Nacht, einer mondlosen, oder sollte Schneebeli nur bei Vollmond kein Auge zutun? Da gab es eine Stelle, da stürzte man an den Balkonen vorbei in den Hinterhof, und der war zementiert. Man müßte höchstens die Container beiseite schieben, damit diese nicht den Sturz dämpften. Das wäre ein Vorfall, der käme in der Zeitung unter Unglücksfälle.

Diesem Schneebeli mußte er zeigen, wo Gott hockt. Doch dann: Ungefragt stand er vor der Wohnungstür. Er hielt in den Händen etwas, das in roten Samt eingeschlagen war. Schneebeli sah sich um, ob auch niemand sie beobachtete: Ob er reinkommen dürfe. Noch im Flur schlug er den Samt zurück. »Eine Pistole?« wunderte sich der Hauswart. »Nein, ein Revolver«, ließ er sich belehren. Richtig, eine Kurzwaffe mit der Trommel für die Munition. Der Hauswart zog Schneebeli ins Wohnzimmer. Er verstehe auch was von Waffen; er zeigte Schneebeli auf der Kommode eine Broschüre: »Kleiner Leitfaden für Schützen und Waffenbesitzer.« Das habe man ihm unverlangt zugestellt, man könne sich gegen die Post kaum wehren. Man kriege merkwürdige Angebote, sobald man einmal in der Adressenliste stehe; er wundere sich nur, wie er da hineingelangt sei.

Schneebeli hielt ihm die Waffe hin, er dürfe sie unbekümmert in die Hand nehmen: »Eine S 9.« Der Hauswart nickte und fragte sich, was das wohl bedeute, das »S« und das »9«. Sie sei nicht geladen, Schneebeli zog aus der Tasche ein Holzschächtelchen in Form einer Truhe; als er den Deckel hob, erklang »Der Abend senkt sich auf die Felder«. In der Musikdose lag die Munition.

Zum ersten Mal hielt er einen Revolver in der Hand. Er schaute in den Lauf, richtete ihn gegen sich, »zum Scherz«, und dann »als Witz« gegen Schneebeli. Beide brachen in ein prustendes Lachen aus. Doch dann ersetzte Schneebeli das Lachen durch ein Lächeln: »Abdrücken und nie mehr heimkehren müssen.« Er pflichtete Schneebeli bei: Das kenne er, aus der Zeit, als er noch verheiratet war, nach Arbeitsschluß in den Kneipen herumhocken, aber einmal ist Polizeistunde, da bleibt nur das Zuhause.

»Interessant.« Schneebeli langte nach den Zeitungsseiten, die sich neben dem Fernsehgerät stapelten, und ließ sich nicht daran hindern, sie durchzugehen: »›Stach ein Albanier zu?‹ Sicher, wer denn sonst. Haben Sie auch von dem gehört, der seine Schwester rächte? An einer Raststätte. Möchten Sie die Adresse? Ich kenne den Ort, viel Betrieb, da fällt nicht auf, was sich am Abend auf dem Robinson-Spielplatz hinter den Toiletten tut, da kann einer nachher verschwinden, ohne daß jemand Notiz davon nimmt, da braucht man die Leiche nicht unter der Rutschbahn zu verstecken, da gehen alle Schreie unter. Und soviel Phon hat keiner, wenn er umgebracht wird.« Der Hauswart nickte: »Ja, die Schreie, wenn die nicht wären.« Schneebeli ging bereits die nächsten Zeitungsausschnitte durch: »›Zwillingsschwestern erwürgt‹. Wie ein Doppelmord sich abspielt? Sieht die eine zu, was der andern passiert? Verhält die sich ruhig? Man hat doch auch als Mörder nur zwei Hände. Aufschlußreich, wie wenig es braucht, wenn man an der richtigen Stelle zudrückt.« Er suchte diese an seinem Hals und kratzte sich, dann beugte er sich zum Hauswart, um an dessen Hals die entsprechende Stelle abzutasten, doch dieser wich zurück, er wisse schon, wo der wunde Punkt sei. Mit einem Blick auf ein Reportagebild meinte Schneebeli: »Da gewähren sie einem Delinquenten Ausgang, und dieser bringt im nächstbesten Wald eine Schülerin um.« Der Hauswart: »Sie meinen das Monster? Lächerlich dieser Gefangenenurlaub, man müßte mit den Verbrechern strenger sein.« Und Schneebeli: »Es gibt solche, die haben das Morden im Blut. Die müßte man kastrieren. Oder nicht?« Der Hauswart nickte Schneebeli zu, der fortfuhr: »Das ist mir entgangen. ›Notruf im Nachtclub‹. Eine Tänzerin als Opfer. Diese Frauenzimmer wissen, worauf sie sich einlassen. ›Der Tod kam nach dem Strip.‹ Fast wie im Kino. Der Killer mit dem Seidenschal ist unterwegs. Den kriegen sie so wenig wie den von der Großbaustelle: die schöne Tote in der Betontonne. Den wenigsten kommen sie auf die Spur. Nicht einmal die Hälfte der Morde wird aufgeklärt. Da sitzt man mit jemand zusammen und hat keine Ahnung, daß man mit einem Mörder anstößt.« Ob er noch ein Bier möge, fragte er Schneebeli.

Als er mit der Dose aus der Küche zurückkehrte, kniete Schneebeli am Boden und klappte ein Seitenteil auf: »Seit wann gibt es so was? Das Paket war hinter der Kommode versteckt.« Der Hauswart klärte ihn auf: »Bei uns noch nicht zugelassen. Särge aus Karton, aus stabilem Karton. Ich habe ihn mir aus dem Ausland kommen lassen. Ein österreichisches Versandgeschäft.« Schneebeli las auf der Verpakkung: »Umweltfreundlich. Damit wegen eines Toten nicht auch ein Baum stirbt.« Er fügte hinzu: »Wenn wir es nicht sind, besorgen es die Borkenkäfer.« Schneebeli streckte sich auf dem Boden aus neben dem, was er vom Sarg bereits aufgeklappt hatte: »Er hätte meine Größe.« Der Hauswart machte sich bereits daran, die Sargteile wieder zuzuklappen.

»Wie hübsch.« Schneebeli meinte nicht die kleine Vase in Schuhform. »Es hat sich allerlei angesammelt in dieser Vitrine. Wann dieser Aschenbecher dazukam, der Totenkopf, weiß ich nicht mehr«, erklärte der Hauswart. Schneebeli zeigte auf was anderes: »Lieben Sie Luzern? Wir fahren manchmal hin, wegen einer Hochzeit oder einer Beerdigung. Da wird geboren und gestorben. Die taufen noch. Meine Frau besitzt ein ähnliches Souvenir. Ich werde ihr sagen, sie soll es wieder einmal schneien lassen, dann freut sie sich wie das kleine Mädchen, das sie einmal war. Was für ein Erinnerungsstück ist das hier hinten?« Der Hauswart hob den Deckel ab und sprühte in die Luft gegen den Monatskalender vom Supermarkt: »Ein Pfefferspray. Direkt in die Augen eines Angreifers.« Schneebeli, der zurückgewichen war: »Ach, so sieht das aus, von dem es heißt, es gehöre in jede Damenhandtasche. Vielleicht sollte ich meiner Frau auch eine solche Waffe kaufen. Es gibt immer welche, die sich an sie heranmachen. Und das hier?« Schneebeli hielt bereits einen weiteren Gegenstand in der Hand: Ob der für Massagen gut sei, erkundigte sich Schneebeli. »Auch, auch«, antwortete der Hauswart, »man kann nie vorsichtig genug sein. Ein Elektroschocker.« Und Schneebeli seufzte mit einem Blick auf die Uhr: »Mir bleibt wohl nichts andres übrig, als raufzugehen. Schön, mit jemandem reden zu können.«

Als Schneebeli gegangen war und der Hauswart die Zeitungsausschnitte ordnete, stieß er im Stapel auf die Musikdose; er ließ das Lied abspielen »Senkt sich der Abend auf die Felder«. Nur das nicht, nur nicht die Munition bei sich behalten: Die bringe ich ihm rauf, gleich und sofort, vielleicht kann ich in einem unbewachten Moment Klärchen ihr Souvenir zustecken. Er zögerte, die Wohnung zu verlassen; er hörte, wie jemand das Haus betrat, den Stimmen nach zwei Personen, er sah auf die Uhr, sie verriegelten die Haustür, wie es nach elf Vorschrift war, das mußten die von der vierten Etage links sein, den Schritten nach unverkennbar. Wenn die sahen, daß er sich um die Uhrzeit nach oben begab, fingen die bestimmt an zu lächeln.

Nach einigem Warten stieg er leise die Treppe hoch bis zur Mansardenwohnung. Eben als er klingeln wollte, hörte er einen Knall, das Zuschlagen einer Tür und dann ein Wimmern. Schneebelis Stimme: »Bitte nicht. Nein. Nicht.« Ein dumpfer Schlag. Dann stürzte jemand gegen ein Möbelstück. Ein Klirren: »Jetzt hast du die Vase kaputtgemacht.« Schneebelis Stimme begehrte auf: »Du hast mich gestoßen«, und Klärchen schrie: »Bleib liegen!« Und Schneebeli: »Du hast mich ins Auge getroffen.« Klatsch. »Willst du lieber eine hinten drauf?« Und Schneebeli: »Mitten ins Auge. Was denken die morgen im Büro.« Und sie: »Zu deiner Scheißarbeit kannst du auch mit einer Birne wie dieser gehen. Wie lange sollen wir noch in diesem Loch wohnen?« Klatsch. »Reiß mich nicht am Rock. Mit deinen dreckigen Fingern. Nein, du kommst mir nicht ins Schlafzimmer. Schlappschwanz. Hau ab.« Ein erneutes Türenschlagen, ein Wimmern und Winseln.

Der Hauswart hörte, wie sich jemand an der Wohnungstür zu schaffen machte; es war, als zöge sich jemand an der Klinke hoch. Er ging einen Treppenabsatz runter und wartete. Er erspähte zwischen den Geländerstäben, wie Schneebeli unter der Tür erschien, halb aufgerichtet, mehr kriechend als gehend. Er zog die Tür hinter sich zu, legte für einen Moment die Arme auf das Treppengeländer und bettete den Kopf auf die gekreuzten Arme. Schneebeli schluchzte. Der Hauswart hatte schon lange keinen Mann mehr schluchzen hören; dann zog sich Schneebeli Stufe für Stufe hinauf zur Zinne.

Nein, diesen Mann bringt er nicht um. Der Tod wäre eine Erlösung für ihn: Nein, er wird ihm seine elende Existenz erhalten. Der lebt in der Hölle, in einer, bei der ich zuschauen kann, als Teufel seine Frau, mit der ich was hab, und der kann ich was flüstern. Was konnte er ihm Besseres wünschen, als daß der traktiert wird, schikaniert, gequält. Falls der wieder einmal vor der Tür steht, wird er ihn salben, verbinden, aufpäppeln und ihn noch so gern nach oben schikken: »Ihre Frau wird sich schon um Sie kümmern.« Er wird Klärchen den Kaschmir kaufen, obwohl er noch nie soviel Geld für einen Pullover auszugeben im Sinne hatte, jetzt kommt der Winterschlußverkauf. Mit was Klärchen wohl sonst dreinhaut außer mit dem Gurt? Jetzt dürfte Schneebeli auf der Zinne sein und sich dort übers Geländer lehnen und in den Hof hinunter ... er wird sich doch wohl kein Leid antun, der ist imstand und macht ihm einen Strich durch die Rechnung.

Am andern Morgen blieb er nicht im Bett liegen, bis Schneebeli pfiff. Er lauerte hinter der Wohnungstür. Das Pfeifen wirkte gequält, als ringe einer nach Atem. Als er ihn vor der Wohnung vermutete, riß er die Tür auf. Schneebeli hatte sich eine Skimütze übergezogen; er sah aus wie einer, der eine Bank überfällt. Er habe sich erkältet. Schneebeli hielt mit beiden Händen einen Korb. Ob er ihm die Wäsche überlassen dürfe, bloß hinuntertragen, er habe sich verspätet, nur dieses eine Mal, er wisse, das sei eine Zumutung, und schon stellte er den Korb vor die Füße des Hauswarts, der Wasserhahn im Badezimmer, der spinne schon lange, jetzt sei er endgültig kaputt, er lasse sich nicht mehr zudrehen, er möge nachschauen, seine Frau warte, dringend, sonst kommt's zu einer Überschwemmung. Er sah die Treppe hoch, als ob das Wasser schon hinter ihm herunterfließe. Dann stürzte Schneebeli aus dem Haus, ohne im Keller das Rad zu holen. Er hatte zum Abschied nicht gelächelt. Das wär das mindeste, was er hätte tun können, wenn er ihm schon den Gang in die Waschküche zumutete.

Er tat das Löwendenkmal-Souvenir in den Werkzeugkasten und stieg hinauf. Er klingelte, niemand antwortete. Er ließ den Finger auf der Klingel. Keine Reaktion. Die Tür war angelehnt. Er stieß sie auf und rief: »Klärchen.« Nichts. Er ging zum Badezimmer. Kein Wasser tropfte. In der Wanne lag ein schmutziges Handtuch. Ob Schneebeli nicht das Badezimmer meinte, sondern die Küche? Er rief noch einmal nach Klärchen. Sie lag in der Küche neben dem Schüttstein; darin türmte sich ungewaschenes Geschirr. Der Einschuß in der Stirn. Auf dem Küchentisch zwischen einer Dose Pulverkaffee und einem angebissenen Konfitürebrot der Revolver.

Jetzt hat er ihn. Lebenslänglich. Sofort eine Meldung durchgeben. Gleich von hier oben der Polizei telefonieren. Damit man alle Grenzübergänge bewacht, Sperren in den Bahnhöfen und auf dem Flughafen errichten. Die werden ein Phantombild herstellen. Dazu kann er »sachdienliche Mitteilungen« bieten, wie das bei Vermißtmeldungen heißt, und wie gerne, Strich um Strich, da nützt die Skimütze wenig. Vielleicht setzen sie eine Belohnung aus.

War es nicht klüger, bevor er die Polizei anrief, die Musikdose mit der Munition heraufzuholen. Auf dem ersten Treppenabsatz kehrte er um, er überlegte, ob auf dem Revolver nicht seine Fingerabdrücke zu finden waren. Wäre es nicht besser, die wegzuwischen? Es ist nicht ungewöhnlich, daß die Polizei Waffen ohne Fingerabdrücke findet, und wenn Schneebeli behauptet ... Wem wird die Polizei glauben, wenn nicht einem Hauswart, der für die Hausordnung sorgt.

Er begab sich in die Küche zurück. Er langte über die Leiche hinweg nach dem Revolver. Obwohl er sich abstützte, geriet er in die Blutschlieren. Hinter der Tür die Vorrichtung für die Küchentücher: Handtuch, Geschirrtuch, Gläsertuch. Er rieb den Revolver sauber mit dem Gläsertuch und legte ihn neben den Pulverkaffee zurück auf den Tisch. Er kam mit der Hand ans Konfitürebrot. Er rutschte und stieß mit dem Schuh gegen die Leiche, so daß der Arm, der über der Brust gelegen hatte, zur Seite fiel. Klärchen sah ihn mit leeren Augen an. Die Tote trug den Slip, der ihm wohlbekannt war. Die Bären waren vom Blut schwarz verklebt. Er wich zurück, entdeckte den blutigen Abdruck seines Schuhs auf den Kacheln. Das Telefon klingelte. Er langte nach dem Geschirrtuch und versuchte die Spur vom Schuh wegzuwischen, besser wohl den Schuh ausziehen, er hatte diese dikken Gummiprofile nie gemocht. Aber seine Frau hatte ihm stets solches Zeug aufgedrängt, typisch, sie mußte sich auch noch in diese Situation einmischen.

Das Telefon klingelte erneut. Mitten ins Schrillen »Senkt sich der Abend auf die Felder«. Die Melodie kam näher. Stimmen. Fremde und die von Schneebeli. Er war es, der die Musiktruhe in den Händen hielt. Zwei Polizisten. Der eine: »Wir haben uns bei Ihnen unten in der Wohnung umgesehen. Die Tür stand offen. Die Musikdose – ein originelles Versteck für Munition. Eine interessante Sammlung von Zeitungsausschnitten, die Sie angelegt haben«, und mit einem Blick auf die Tote: »Diesmal sind Sie ohne Elektroschocker ausgekommen.« Und der zweite, auf das Küchentuch weisend, das der Hauswart in den Händen hielt: »Das wäre wohl zu den andern Tüchern gekommen. Zu denen unten im Wäschekorb«, gleichzeitig zeigte er auf die Hand des Hauswarts. »Das Rote ist kein Blut«, der Hauswart leckte die Erdbeerkonfitüre vom Handrücken. Der Polizist hielt Schneebeli zurück, der auf die Leiche zuging: »O Klärchen, o Klärchen.« Da entdeckte dieser im Werkzeugkasten das Luzern-Souvenir: »Ich habe es meiner Frau zum zehnten Hochzeitstag geschenkt. Wie konnten Sie ihr das antun.« Er nahm das Souvenir heraus, schüttelte es; es fiel Schnee auf den sterbenden Löwen. Der eine Polizist forderte den Hauswart auf mitzukommen, ohne Schwierigkeiten zu machen. »Sie wollen sicher ein paar Toilettensachen einpacken.« Schneebeli wandte sich an den Hauswart: »Ich werde mich während Ihrer Abwesenheit ums Haus kümmern.«

Da war es der Hauswart, der lächelte.

Bibliographische Hinweise

Der Zwerg. Zuerst erschienen in »du«, Zürich 1963

Der Oberst. Zuerst erschienen in »du«, Zürich 1963

Das Saison-Paar. Zuerst erschienen in »Texte«. Prosa junger Schweizer Autoren, herausgegeben von Hugo Leber. Benziger Verlag, Einsiedeln, Zürich, Köln 1964

Der Comprachico. Zuerst erschienen in »Neue Zürcher Zeitung«, 22. 4. 1956

Die Erlösung von Tours. Zuerst erschienen in »Zürcher Windrose«. Neue Erzählungen, herausgegeben von der Verwaltungsabteilung des Stadtpräsidenten von Zürich. Artemis Verlag, Zürich 1957

Die lederne Gesinnung. Zuerst erschienen in »Neue Zürcher Zeitung«, 5. 10. 1985

Der letzte Babylonier. Unveröffentlicht.

Die Kunst des Kunststücks. Eine erste Fassung erschien unter dem gleichen Titel als Einleitung zu Hans Falk, »Circus zum Thema«. Weltwoche ABC-Verlag, Zürich 1981. Die hier vorliegende Fassung ist unveröffentlicht.

Der Buckel. Zuerst erschienen unter dem Titel »Wenn der Zirkus ins Gefängnis geht«, in »Tages-Anzeiger«, Zürich 2. 5. 1973

Der junge Mann und die Unmöglichkeit der Gefühle. Zuerst erschienen in »Neue Zürcher Zeitung«, 27. 11. 1955

Der Warumnicht. Zuerst erschienen in »Neue Zürcher Zeitung«, 22. 12. 1959

Das Erstaunen. Unveröffentlicht.

Die erloschene Insel. Unveröffentlicht.

Die gute Tat. Zuerst erschienen in »Literarische Begegnungen«. Literarischer Club, Zürich 1993

Die Entlichtung. Unter dem Titel »Der Kamera-Elefant« zuerst erschienen in »Neue Deutsche Literatur«, Berlin, Mai/Juni 1994

Todes-Termin. Unveröffentlicht.

Candide und sein kleiner Garten. Zuerst erschienen in »Der neue Candide«, herausgegeben von der »Zürich«-Versicherungsgesellschaft, 1998

Die Einwilligung. Unveröffentlicht.

Der Hauswart lächelt. Unveröffentlicht.

Hugo Loetscher im Diogenes Verlag

»Hugo Loetscher ist zweifellos der kosmopolitischste, der weltoffenste Schriftsteller der Schweiz. Es weht ein Duft von Urbanität und weiter Welt in seinen Büchern, die sich dennoch keineswegs von den sozialen Realitäten abwenden, ganz im Gegenteil. Hugo Loetscher ist eine Ausnahmeerscheinung in der Schweizer Gegenwartsliteratur nach Frisch und Dürrenmatt. Eine Ausnahmeerscheinung ist er durchaus bezüglich der literarischen Qualität. Er ist es aber auch als Intellektueller: Eben weil es ihm gelungen ist, die kulturelle und politische Enge der Schweiz in ein dialektisches Verhältnis zu bringen. Und fruchtbar zu machen.«
Jürg Altwegg

Wunderwelt
Eine brasilianische Begegnung

Herbst in der Großen Orange

Noah
Roman einer Konjunktur

Der Waschküchenschlüssel oder Was – wenn Gott Schweizer wäre
Geschichten

Der Immune
Roman

Die Papiere des Immunen
Roman

Die Fliege und die Suppe
und 33 andere Tiere in 33 anderen Situationen. Fabeln

Die Kranzflechterin
Roman

Abwässer
Ein Gutachten

Der predigende Hahn
Das literarisch-moralische Nutztier. Mit Abbildungen, einem Nachwort, einem Register der Autoren und Tiere sowie einem Quellenverzeichnis

Saison
Roman

Die Augen des Mandarin
Roman

Vom Erzählen erzählen
Poetikvorlesungen. Mit Einführungen von Wolfgang Frühwald und Gonçalo Vilas-Boas

Der Buckel
Geschichten

Lesen statt klettern
Aufsätze zur literarischen Schweiz

Es war einmal die Welt
Gedichte

Hugo Loetscher & Alice Vollenweider
Kulinaritäten
Ein Briefwechsel über die Kunst und die Kultur in der Küche